JN178149

集英社オレンジ文庫

幸せの黄色いポスト

それは、十年前から届いた手紙でした

いぬじゅん

本書は書き下ろしです。

Contents

イラスト／つじこ

The Yellow Postbox of
幸せの黄色いポスト
それは、十年前から届いた手紙でした

1 十年後のラブレター

月岡《つきおか》優衣《ゆい》（十七歳）

「ねえねえ優衣《ゆい》」

丹野美羽《たんのみう》に呼ばれたとき、私は数学の課題と格闘していた。

なんて意地悪な問題。習ったばかりの公式を使っても解けないし、問題文のあとに書いてあるヒントが余計に混乱させてくる。共闘していたはずの丹野美羽はあっさり降参してしまい、手鏡を覗《のぞ》きこみ前髪を整えている。

市役所の道路を挟んだ向かい側にある『プラザきくる』という建物の二階は、フリースペースとして市民に開放されている。教室の三倍くらいの広さのフロアには、受付カウンターのほかに二十組くらいのテーブルとイスが設置されていて、放課後は中高生や大学生が多く訪れる。

私のようにテキストを開いている学生、雑談をしている学生もちらほら。自動販売機もあるし、冷房完備なのはこれからの時期、特にありがたい。

「ちょっと、聞いてんの？」

「聞いてるって」

シャーペンを置いて顔をあげると、美羽はつまんなそうな顔をしている。

美羽のスクールメイクは日に日に進化している。先生に注意されるかどうかギリギリのラインを攻め、髪の色も徐々に明るくなっている。入学したころとはまるで別人レベル。

一方、私は日焼け止めを塗る程度。美羽にメイクをしてもらったこともあるけれど、敏感肌のせいで肌が赤くなってしまった。

「じゃあ、なにしゃべってたか言ってみ？」

その問題は、課題より何倍も簡単。美羽が放課後話す内容の80％は恋バナだ。

「好きな人のことでしょ。えっと、なに先輩だっけ？」

「倉沢《くらさわ》先輩。ちっとも名前を覚えないし」

「覚える前に好きな人が変わっちゃうんだもん。昔から惚《ほ》れっぽかったけど、なんか悪化してない？」

「進化してる、って言ってよ。理想の相手を見つけるレーダーがバージョンアップしてんの」

挑むようにアゴをツンとあげたあと、結んでいた髪をほどきブラシで整えだした。メイクも相まって、急に大人っぽい雰囲気に変わる。

恋の数だけキレイになるというのは本当のことかもしれない。

「それにさ」と、美羽は手鏡に向かって話し続ける。

「優衣みたく、ずーっと同じ人に片想いしているよりは幸せになれるチャンスが多いし」

「ちょ、声が大きいって」

慌《あわ》てる私に美羽は勝ち誇った顔を返してくる。

ふたつ隣の席の大学生らしき男性はイヤホンをつけているので問題なし。うしろのテーブルに座る中学生男子三人組はボソボソとアニメの話をしている。来たときからいるおじいちゃんはウトウトと船を漕《こ》いでいる。

同じ高校の生徒がいなくてよかった。ホッと胸をなでおろす私に、美羽はニヤリと笑う。

「クラスの子がいないのは確認済み。ていうか、何年片想いしてんの？　小学一年生からだから――え、十年⁉」

斜め向かいの女子ふたりがチラッと視線を送ってきた。あれは、付属中の制服だ。

菊川《きくがわ》大学付属の小学校に入学し、中学、高校と進学してきた。親が言うには、近所の女の子が着ている中学校の制服を見た私が、『どうしても着たい』と言いだしたことがきっかけらしいが、そんな記憶はとうの昔に消え去ってしまっている。気づけば菊川大学行きのエスカレーターに乗っていた。そんな感じ。

けれど、私には管理栄養士になるという夢がある。そのためにも管理栄養士学科のある菊川大学に入るのはベストでありマストだ。

「そっかあ、駿《しゅん》に恋してからもうそんなに経《た》つんだね」

感慨《かんがい》深げに美羽は首を横にふった。

その名前を聞くたびに、胸がねじ曲がるような感覚に襲われる。

赤土《あかつち》駿との出会いも、美羽と同じく小学校に入学したとき。あれからもう十年が経つなんて。

「何度も言うけど、昔から仲がいいってだけ。たしかに十年前にそう思ったことはあったけど、別に好きとかじゃなくて気になるっていうか……」

「それを人は『恋』と呼ぶのです」

キッパリ言い放つ美羽。中学生たちの興味津々《しんしん》な視線が痛い。

肩までの髪を意味もなく触る。困ったとき無意識にしてしまうクセだ。

私の視線を追った美羽が「ああ」と、やっと中学生たちが見ていることに気づいてくれ、小声になる。

「あのころって大人になったつもりでいたけれど、今見るとかわいらしいよね」

「美羽は昔から大人っぽかったよ」

「優衣もメイクしなよ。敏感肌用のファンデもあるんだし、またチャレンジしよう。駿だってふり向いてくれるかもよ」

また胸が違和感を訴えた。

恋をするとドキドキするものだと思っていたけれど、私の場合はそうじゃない。

私のこの気持ちは、本当に恋なの？

これまで何度も自分に尋《たず》ねてみたけれど、そのときによって答えが変わる。

十年前に生まれた気持ちはたしかに恋だった。でも、クラスが離れたり新しい友だちができたりするなかで、どんどんわからなくなっている。

高校進学のときにひとクラスしかない栄養科を選んだので、小学校のときから一緒なのは美羽と駿だけになった。

「そういえば駿のヤツさ」美羽がまたその名前を出した。

「バイトばっかしてね？　出会いも多いだろうし、誰かに取られちゃうかもよ」

「だから恋じゃないって」

強がりではなく、このごろは本気でそう思っている。

私の恋の原点は十年前。それ以降、ティーバッグの紅茶のようにだんだん淡い色へ変わっている気がしている。今ではもう透明に近い色なのかも。

駿と恋人同士になりたい気持ちなんてなくなった。万が一、いや、億くらいの確率でつき合えたとしても、恋人同士にはいつか終わりがくることくらい、つき合った経験のない私にだってわかる。

「そんなことより倉沢先輩とはどうなの？　もうすぐ部活も引退だよね？」

話題の転換を試みると、美羽は憂《うれ》いのある表情を浮かべた。

「あたしたちの関係は『オペラ座の怪人』みたいなもんだから」

昔から映画好き――いや、映画マニアの美羽は、なんでも映画に例えるクセがある。部活ももちろん映画研究部に入っていて、次期部長候補だそうだ。

「それって舞台になったやつでしょ？」

「もともとは舞台劇だったものを映画化したんだよ。倉沢先輩がファントムなら、私はヒロインのクリスティーヌ。同じ劇場にいても、彼の姿はめったに見られないの」

今回もなんだかよくわからない例えだ。

「めったに見られない、って同じ部なのに？」

「倉沢先輩は幽霊部員なの。でも、こっそりと見守ってくれているの」

なんだかストーカーっぽい。そもそも、美羽が倉沢先輩の話をしだしたのは六月の中旬くらい。今日は七月一日なので、まだ半月程度だ。

「会えないのになんで好きになったわけ？」

「三年生が引退記念として映画評論の冊子《さっし》を作ってるの。で、このあいだ初めてふらりと部室に現れたんだけど、かなりのイケメンだったわけ。ファントムみたいに顔の半分――つまり横顔しか見られなかったんだけど、一瞬で恋に落ちたの。きっと彼も私のことに気づいて、同じ感情を抱いてくれてるはず！」

常にポジティブな美羽だけど、恋に関しては奥手。自分から告《コク》ることがないので、片想いが成就《じょうじゅ》した報告をまだ一度も受けたことがない。

「今回もダメそうだね」

「そう思ったら本当にダメになっちゃう。大事なのは『絶対に叶《かな》う』っていう気持ち。優衣ももう少し前向きにならなきゃ」

言っていることは正しいと思う。でも、気持ちが迷路にはまりこんでいる私には、どっちの方角が前なのかさえわからない。

口のなかに苦いものが広がり、水筒の麦茶で流しこむ。

「あれ？」窓の外を見ていた美羽が目を丸くした。

「自転車停めてるの駿じゃね？　あ、ハルもいる」

見ると、駿が通学バッグを手に一段飛ばしで階段をあがってきた。

うしろからのんびり歩いてくるのは棚草春哉《たなくさはるや》。春哉は中学までは市立に通っていたらしく、高校で一緒になった。

駿と春哉は入学早々に意気投合したらしく、一緒にいることが多い。栄養科の男子は少ないので、必然と言えば必然かも。

制服のポケットに手を突っこんだまま、駿が軽やかな足取りでやってくる。

昔は坊主だったのに、前髪長めのセンターパートになって久しい。校則がそれほどうるさくない高校で、真っ先に栗色に染めたのも駿だ。

「うぃっす」

当たり前のように私の横に座る駿。すっかり身長が高くなったせいで、座ると窮屈《きゅうくつ》そうに見える。遅れてやってきた春哉が美羽の隣に座った。

なにしに来たのかは言わなくてもわかる。バイト前に数学の課題を写しに来たのだ。

「数学の課題見せろよ」

予想どおりのことを言う駿に、美羽が「ムリ」と答えた。

「あたしはやってないし、優衣も苦戦してるとこ」

「マジかよ。これからバイトだから時間ないんだけど」

「は？　あんたがバイトとか知らないし。てか、課題を写させてもらうのが当たり前だと思わないでよね」

「お前だって優衣のを写すつもりだろ。同罪だよ、同罪。な？」

駿が私に笑みを向けると、ほのかに制汗剤の香りが鼻腔《びくう》をくすぐった。前までは柑橘《かんきつ》系だったのに、最近はバニラっぽい甘い香りがする。

「私は美羽にも駿にも見せるつもりないし。自分で解かないと意味ないでしょ」

顔をしかめながら冷たく言い放つ。

「わかってるよ。でも、今回だけは頼む、この通り！」

拝《おが》むように両手を合わせる駿を見て、やっぱりこの気持ちは恋じゃないと改めて思った。

「そんなことより、このあいだバイトに遅刻したんでしょ。今日くらい早めに行ったら？」

「げ。お前、バラしたのかよ」

駿が春哉をにらむが、当の本人はどこ吹く風。

「バラすもなにも、事実を言ったまでだけど？」

と澄ました顔をしている。

「ひでえ。お前らマジで友だちかよ」

「友だちだからこそ言ってるんだ。しょうがない、今回の課題だけはあとで送ってやるよ」

「さすがは春哉。恩に着るわ。じゃあな」

駿は春哉の肩にポンと手を置き、出ていってしまった。

春哉は数学のプリントを出しながら、笑顔で駿を見送っている。教室にいるときもいつも機嫌がよさそうで、目が合うとふにゃりと笑うような人。

サイドを刈りあげた短めのマッシュスタイルで、黒髪に似合う丸い瞳はどこか犬っぽい。

「春哉も甘いね」と美羽が肩をすくめた。

「なんだかんだ言っても、結局助けてあげてるし」

「友だちが痛い目に遭《あ》うのは見たくないしね」

やわらかい口調で言ったあと、春哉は私のプリントに視線を向けた。

「それ、苦戦中？　ちょっと貸してくれる？」

「あ、うん」

春哉はプリントに目を落としたあと、すぐにシャーペンを取り出した。

「公式を使う前に、ここを分解するんじゃないかな」

「あ、ほんとだ」

身を乗り出す私と違い、興味を失ったらしく美羽はスマホを触っている。

サラサラと問題を解くと、春哉は「はい」と課題を返してくれた。

春哉は誰とでもフレンドリーな関係を築いている。私たちだけじゃなく、クラスメイトみんなとにこやかに話し、それこそ人懐《ひとなつ》っこい犬みたい。

「ありがとう。春哉って頭いいよね」

清書しようとする直前で、「貸して」と、美羽にプリントを奪われてしまった。

「自分でやらなきゃ意味ないじゃん」

「友だちが痛い目に遭うのを見たくないでしょ？」

なんて、美羽は堂々と答えを写しだす。

春哉と目が合った。『お互い苦労するね』と目だけで会話した。

ノートを開いて自分でも解いてみる。さっきのヒントどおりに考えれば、絡《から》まった糸が嘘みたいにするするとほどけていく。

こんなふうに、毎日起きるいろんな問題も解決すればいいのに。

ニコニコ見守っていた春哉が「あ」となにか思い出したように目を大きくした。

「昨日のネットニュースって見た？　『幸せを届ける黄色いポスト』」

「黄色いポストって、市役所の前にあるやつ？」

市役所前の郵便ポストが、数カ月前黄色に塗り替えられていた。クラスでも一瞬だけ話題になったけれど、『幸せを届ける黄色いポスト』という名前がついていたのは初耳だ。
いそいそとスマホを取り出した春哉が、しばらく指先を動かしたあと画面を見せてきた。
黄色いポストの画像の下に、記事が表示されている。

『10年前から届く手紙』

今から10年前、静岡県菊川市《しずおかけんきくがわし》で「幸せを届ける黄色いポスト」が誕生した。「10年後へのメッセージ」をテーマに、1カ月間限定で市民から手紙を投函してもらう企画を実施。預かった手紙は総数338通にもなった。手紙が投函されて10年が経つ今年、7月1日より順次配送されることになる。10年前の誰かからあなたへ手紙が届くかもしれない。

読み終わるのと同時に、今度はスマホまで美羽に奪われてしまった。
「うわ、マジで黄色い」

「黄色く塗られたのは最近だよね？」

職員の人がブラシを手に苦戦していたのを覚えている。春哉が「だね」とうなずく。

「今日から七月だから、それに合わせて塗ったんじゃないかな」

つまり今日から手紙が届きはじめるってことか……。

春哉にスマホを返した美羽が推理でもするみたいにアゴに手を当てた。

「これってさ、『幸福《しあわせ》の黄色いハンカチ』から名づけたんだと思う」

「あー、なんか聞いたことあるな。映画のタイトルだよね？」

春哉に向かって美羽が人差し指を立てた。

「『幸福《しあわせ》の黄色いハンカチ』は昭和時代の名作映画で、ネタバレは避けるけど絶対に観《み》るべき作品。黄色が幸せな色なのは、あの映画の影響だと思うんだよね」

そう言われても、その映画を観たことがないので賛同しにくい。

困っていると美羽が「あ！」とまたしても大声をあげた。カウンターにいる女性スタッフがなにごとかと目を丸くしている。

「そういえば、小学校のときにみんなで手紙書かなかった？」

「……え？」

「ほら、道徳の時間に書いたじゃん。あたし、当時好きだった映画監督に書いた気がする。

書いた手紙を持ち帰って、親に住所調べてもらってポストに出しに行ったんだよ」

十年前といえば、私が駿を好きになった年。入学してすぐに意識しだしたから、手紙を書いたころにはもう片想いがはじまっていたはず。

彼に手紙を出した可能性はあるけれど、記憶の引き出しをいくつ開けても見つからない。

「ごめん。覚えてないや」

親は『一年なんてあっという間』って言うけれど、とてもそんなふうには思えない。毎日は新しいことの連続だし、小学生のころは特にそうだった。

だけど、手紙を出したかどうかも覚えていないのは残念。

「覚えてないほうがワクワクしない？」

春哉がニッと口角をあげ、私たちの返事を待つことなく「だって」と続ける。

「自分の書いた手紙が十年もの時間を越えて誰かに届くなんてすごいことだよ。逆に、思いもよらない人から手紙が届くことだってありえるし」

春哉のお母さんは、彼が小学生のときに病気で亡くなったと聞いている。

ひょっとしたらお母さんからの手紙が届くことを期待しているのかもしれない。

「春哉にも手紙が届くといいね」

そう言うと、春哉はうれしそうに尻尾をふった。いや、うなずいた。

私にも誰かから手紙が届くといいな……。

帰り道は自転車を押しながら美羽を菊川駅まで送る。今日は春哉も一緒だ。美羽はバスで、春哉は電車で、私は自転車でという三者三様の通学方法。ふたりを見送ったあと自転車にまたがると、あまりにも青い空が視界に入った。

この街は正直、都会とは言えない。改装工事のおかげで駅はオシャレになったけれど、駅前には大きなロータリーがあるだけで、背の高いビルは皆無。交差点を越えればすぐに住宅地が広がっている。

私の家は、東名高速道路の菊川インターのそばにある。ここから自転車で十分——がんばれば七分くらいの距離だ。

遊歩道を自転車で走っていけば、やがて住宅地の真んなかに長方形の建物が姿を現す。『菊川赤レンガ倉庫』といい、名前のとおり赤レンガ造りの建物。もともとは明治時代に茶葉をブレンドするために使われていたそうだ。

遊歩道沿いに設置されている木製のベンチの前で自転車を停めた。

私が駿に恋をした場所。十年前の日曜日、ここで泣いていた私に駿はやさしく声をかけてくれた。あの日に生まれた恋はずっとかくれんぼをしている。

今では、好きかどうかもわからないなんて少し悲しい気もする。

空はどんどん茜《あかね》色に変わり、上空には紫色の夜が出番を待っている。

この気持ちを胸に抱《かか》えて、今日は帰ろう。

ペダルを踏むと、湿った風が頬に当たった。


うちの両親は双子ってくらい似ている。

今も唐揚げをシンクロした動きで口に運び、同時に「美味《おい》しい」と感想を口にした。

お父さんは小さな工場を経営していて、お母さんはそこの事務職員。一日の大半を一緒に過ごしていると、顔まで似てくるのかもしれない。

結婚して何年も子宝に恵まれなかったふたりがあきらめかけたころに生まれたのが私。

妊娠がわかった夜、歓喜のあまりはしゃぎまわったお父さんが派手に転んで肋骨《あばらぼね》にヒビが入ったというエピソードは、これまでも定期的に披露《ひろう》されてきた。

「そうそう、エレナちゃん、彼氏さんと結婚するんですって」

お母さんがホクホクした顔で言い、お父さんが「ひょ」とおかしな声をあげた。

「エレナが？　え、俺聞いてないけど」

「言ってないから当然でしょ。こういう話はまず女性同士でするものなの」

エレナさんはお父さんの会社で働く従業員で、家にも何度か遊びに来たことがある。豪快に笑うブラジルから来た女性で、たしかそのときにも彼氏がいると言っていた。やせっぽちの私と違い、ふくよかな体で、ピチピチのシャツとタイトなデニムを身に着けていて、それがとても似合っていた。

「そっかあ、エレナが日本に来てからもう十年くらい経つもんなあ」

目じりを下げたお父さんが急に箸《はし》をパタンと置き、ガックリと肩を落とした。

「こないだまで小さかったのに、優衣ももう高二になったんだよな。そのうち彼氏とかできちゃうのか……」

「またそんなこと言って。子どもの幸せを願わないでどうすんのよ」

お母さんが呆れた顔で唐揚げをほおばった。なんて答えていいのかわからず、視線を宙に逃がした。

長年住んでいるせいで家は少々くたびれぎみ。蛍光灯のシェードがくすんでいて、壁紙も色あせている。先月なんてリビングに雨漏《あまも》りが発生。三人で大騒ぎをした。

「そりゃ願ってるよ。でも、世の中にろくな男がいないのも事実だろ？」

お父さんはまだこの話をやめるつもりがないらしく、「いいか優衣」としごく真面目《まじめ》な顔になった。

「男を信用するには最低三年は必要だからな。この世に生きる男の――」

「九割はろくなもんじゃない、でしょ。もう聞き飽きた」

この話がはじまると長くなることは経験済み。お母さんに目でヘルプの合図を送る。

「これ以上その話をするならビールのおかわりはナシにするから」

「あ、悪い。もう言いません。言いませんからっ」

そんなふたりを見て思わず笑ってしまった。

三年なんてたいした年月じゃない。駿とは十年も同じ学校に通っているんだから。

誰よりも駿のことを見てきたし、知っている。

高校生になった今は、同じクラスなのに挨拶《あいさつ》だけで一日が終わることもあるけれど。

「そういえば今日、久しぶりに駿くんと会ったわよ」

お母さんの言葉に思わず息を呑んでしまった。秒を置かずに「へえ、どこで？」と急いで尋ねる。

「モストバーガーの前で。駿くんのほうから声をかけてくれたんだけど、ずいぶん背が伸びちゃってたから、最初誰なのかわからなかったわ。あいかわらずイケメンよね」

「あいつも信用ならん。昔から女たらしの顔をしてた」

プイと顔をそむけるお父さんに苦笑しながら、さりげなく息を吐いた。

小学校から同じというだけで、住んでいる場所が離れているので、親同士は仲がよくても幼なじみという関係ではない。まさかこのタイミングで駿の名前が出るなんて、思いっきり動揺してしまう。

「駿はモストでバイトしてるからね」

なんでもないような口調で言えた。

「美羽ちゃんは元気?」

「元気元気。あいかわらず映画マニアだよ。今日も黄色いポストの話が出たときに――」

話の途中でバネに弾《はじ》かれたように「あっ！」とお母さんが飛びあがった。

「いけないいけない。あれ、どこやったっけ?」

あたふたとリビングを駆けまわったあと、お母さんは白い封筒を渡してきた。

「すっかり忘れてたわ。その『幸せを届ける黄色いポスト』から手紙が届いてたのよ」

「え……」

「ほら、十年後の誰かに手紙を出す企画に優衣も参加したじゃない。今日からポストに投函した順番で配達されるんですって」

――まさか駿から?

表に書かれた住所を見てすぐにその期待は泡のように消えた。右下がりのクセのある文字はどう見ても私が書いた文字だ。

裏面を見ると、私の名前『月岡優衣』が記してあった。

「私、自分に手紙を書いてたんだ……」

「お母さんがここの住所を教えてあげて、ふたりで市役所前のポストに入れに行ったのよ」

「そりゃすごいな」

ふたりが顔を近づけてくるので、仕方なく封を開くと短い文章が姿を見せた。

10ねんごのわたしへ

げんきですか?

いま、すきな人はいますか?

わたしは、すきな人ができました

とっさに隠そうとしても、ときすでに遅し。

内容を覚えていたのだろう、懐かしそうに目を細めるお母さんの横で、お父さんはまたしても不機嫌な顔になってしまった。

「ごちそうさまでした」

手紙を手に二階にある自分の部屋に逃げた。

ベッドに横になり、蛍光灯の照明に手紙をかざしてみる。

そっか……やっぱりこの手紙を書いたころ、駿に恋をしたんだ。

あのときほどの強い気持ちじゃないけれど、今も駿が気になったままだよ。

十年前の私にそう伝えたなら、よろこんでくれるのかな？

それとも、恋が報《むく》われていないと知り、泣いてしまうのだろうか。


「マジでウケるんだけど！」

手紙を見たとたん、美羽はお腹《なか》を抱えて笑い転げた。

まだ登校しているクラスメイトは少なく、教室には夏のはじまりを知らせるような白くて熱を含んだ光が差しこみ、ほこりが雪のように宙を舞っている。

「笑うなんてひどい。美羽だから見せたのに」

乱暴に手紙を通学バッグにしまうと、美羽は「ごめんごめん」とちっとも思ってない口調で隣の机に腰をおろした。

「まさかこんな内容だなんて思わないじゃん。『きみに読む物語』っぽくてあたしは好き」

その映画は観てないし、大声で言うのもやめてほしい。

「赤レンガ倉庫が恋のはじまりなんでしょ？」

美羽が上半身を折り、顔を近づけてきた。

あの夕焼けが一瞬で脳裏に広がり、それだけで泣きたい気持ちになる。

駿を想うときに決まって思い出すのは、朱色に染まった世界。あの日、あの場所で私たちはふたりぼっちだった。

「そもそもなんでそんな場所にいたわけ？」

映画のことならなんでも覚えているのに、私の恋のはじまりについては何度説明しても忘れてしまうらしい。

「家に遊びに来てた従兄《いとこ》とケンカになって、それで家出したみたい。気がついたら知らない場所にいたんだよ。夕焼けが街を真っ赤に染めていて、すごく怖かった」

お気に入りだった布製のトートバッグだけを持って家を飛び出した記憶。

怒りに身を任せて歩いているうちに、赤レンガ倉庫のベンチに着いた。当時は遊歩道もなく、赤レンガ倉庫の建物がやけに大きく見えたことを覚えている。

「そこに王子様が現れたってわけだ?」

「そのときはそう思ったよ。でも、もう違うから。ていうか、教室でこんな話したくない」

唇を尖《とが》らす私の頭をポンポンと叩いてから、美羽は宙を仰《あお》いだ。

「ああ、あたしも恋をしたい。どこかにいい男いないかなあ」

「へ? 倉沢先輩のことはどうなったの?」

「それって誰? そんな人知らない」

すぐに理解した。どうやら美羽の恋はまたしても終わったらしい。

「アップデートできる美羽がうらやましいよ」

本心で言った。私の恋は十年前の赤レンガ倉庫での出会いがピークで、徐々にテンションは下がっている。したいのはアップデートじゃなく、リセットなのかもしれない。

「聞いてよ。あの人、彼女がいるんだって。しかもつき合って一年だよ? 今朝部室に顔出したら、うれしそうに彼女の話をしてさ。最悪じゃね?」

うしろで結んだ髪を前にやり、美羽は楽器でも弾《ひ》くように指先でなでている。

「美羽ならすぐに好きな人ができるよ」

「それって惚れっぽいって言われてる気分になるんですけど」

「アップデートしてるんでしょ?」

　ぶうと頬をふくらませる美羽がかわいい。

「でもすごいよね。十年前の自分から手紙が届くんだもん」

　美羽の声がジンとしびれた頭に染《し》みこんでくるようだ。机に片方のほっぺたをつけるとひんやりして気持ちがいい。

　好き、っていったいどういう感情なのだろう。

　なんであの日の出会いにこだわるのか、自分でもよくわからない。

「おはよう」

　隣の席に春哉が座ると、美羽はだるそうに立ちあがった。

　壁際《かべぎわ》の席に座る駿が見えた。彼はほかのクラスメイトと楽しげに話している。

「元気ないね」

「この子、十年前の自分から手紙が届いたんだって」

　春哉と美羽の会話が頭の上を素通りしていく。駿の横顔をもう一度見てから、上半身を起こした。

「その話はしないで」

「なんでよ。どんな内容だって、昔の自分から手紙をもらうなんて、それこそ『ｏｒａｎ

ge』みたいじゃん。あ、あれは未来の自分から手紙が届く話だった」

また映画の話をしている。

ふう、とため息をついていると、春哉が夕焼け色の封筒を通学バッグから取り出した。

「実は、俺にも手紙が届いてたんだ」

表情だけでわかる。きっとお母さんからの手紙が届いたんだ。

美羽が「見せて」と伸ばす腕を華麗にかわし、春哉は大事そうに手紙をしまった。

「こういうのはお互いに見せないと。美羽にも手紙が届いたら見せ合おう」

「なによ。めっちゃうれしそうじゃん」

「うれしいねえ」

犬がそっと尻尾をふっているみたい。春哉のよろこびが伝わってくる。

よかったね、春哉。私も自分から届いた手紙で落ちこんでいる場合じゃない。

「つまんないの。トイレ行ってくる」

美羽が教室を出ていくのを見送っていると、頬杖をつく春哉と目が合った。

お母さんのことを聞いてもいいのかな。一年のときも同じクラスだったけど、話すようになったのは二年生になってからだから距離感をつかめない。

じっと観察していると、春哉が急にあくびをしたから笑ってしまった。

「寝不足なの？」

「昨日はうれしくて何度も手紙を読み返しちゃったから。優衣はうれしくないの？」

「うーん。過去のキラキラ感がまぶしくって、今とのギャップに落ちこんでる感じ」

そう言うと、春哉は意外そうに目を丸くした。

「優衣は今だってキラキラしてるように見えるけど」

「え……そうかな？」

ストレートな物言いの春哉に、思わずドキッとしてしまった。

「それにさ」と春哉は斜め上に目を向けた。

「記憶はすり替えられるから、人はいい思い出だけを抽出しがちなんだ。今だって、未来から見れば絶対に輝いて見えるよ」

「それって、この先が真っ暗なイメージに思えるんだけど」

「違うよ。そのときそのときで幸せを感じてほしい、っていう意味だよ」

不思議だ。春哉の言うことはすんなりと頭に入ってくる。ほがらかな雰囲気は伝染するらしく、少しだけ心がほっこりした。

「なあ」まだ目が覚めないのか、駿もあくびをしながらやってきた。

「俺、調理テストの練習してないんだけど、マズいよな？　春哉、やってる？」

来週からはじまる期末テストでは、筆記テストだけじゃなく栄養学に基《もと》づいた料理を作るという調理テストもある。

「調理テストって来週の火曜日だよね。たぶん肉じゃがが課題料理だと思うけど」

「マジか。煮物って苦手なんだよな」

駿の夢はイタリアンレストランのシェフ。私の夢はパティシエになること。美羽の夢はキッチンカーの店主。子どものころからよく口にしていたけれど、高校に入ってからは駿とこの話をしていない。まだ同じ夢を抱いているのかも不明だ。

栄養科を卒業すれば栄養士の資格をもらえる。駿も菊川大学で管理栄養士を目指すのなら、あと五年以上はそばにいられる計算になる。

「しょうがない。俺が駿のために料理の動画を撮ってやるよ」

「さすが春哉。サンキュ」

私の顔を見ることなく、駿は自分の席に戻っていった。

始業まであと十分。私もトイレに行くことにした。

ちょうど向こうから美羽が歩いてきたので「トイレ」と口の動きだけで伝えた。美羽の前髪はさっきよりも完璧な形になっている。

トイレの鏡に顔を映してみる。髪の色を変えれば、ちゃんとメイクをすれば、毎日はもっとキラキラするのかな……。

駿への気持ちは昔ほどじゃないのに、なぜ気にしてしまうんだろう。

春哉に相談すれば、課題を解くようにこの問題の答えがもらえるのかも……。

「そんなわけないか……」

蛇口をひねって手を洗う。絡まった気持ちを流し去るくらい念入りに。

ドアを開けると、なぜか駿が窓辺にもたれ腕を組んでいた。なにか話しかけないと不自然だろう。

「寝不足なの？」

「バイトのやつらと仕事のあとファミレス行ってさ。マジで眠い。優衣がテスト対策まとめてくれれば最高なんだけどなあ」

「お断りします」

丁寧《ていねい》に頭を下げると「なんだよ」と不服そうに鼻を鳴らしている。バイトが忙しいのはわかるけど、駿は人に頼りすぎだ。

「さっき調理テストの話してたけど、練習はしといたほうがいいよ」

「マジでだるい。大石《おおいし》、やたら厳しくね？　俺、絶対に補習受けさせられるわ」

担任の大石先生は、普段はやわらかい言葉遣いの五十代の女性で、筆記テストが甘いことで有名だ。

反面、調理テストではかなり厳しく採点をし、半数以上の生徒が後日補習を受けた上で作り直しのテストを受けさせられる。

「でもまあ」と、駿は腕を組んだポーズのままで肩をすくめた。

「補習はだるいけど、なんだかんだ、最終的には合格点くれるし。ていうか、栄養士の資格取れなくても別にいいし」

一瞬聞き間違えたのかと思った。今、なんて言ったの？

「それよりさ、土曜日ってヒマ？」

栄養士の資格はいらないってこと？　それって、イタリアンレストランのシェフになる夢をあきらめたってこと？　土曜日にふたりで会うってこと？

思考がぐちゃぐちゃに絡まってしまい、うまく言葉が出てくれない。

「三時くらいにモストで会えない？　テスト勉強してくれていいからさ」

「あ……うん」

「よかった。じゃあ、三時にな」

駿が登校してきた男子に「おす！」と声をかけに行った。

しびれた頭の向こうで予鈴が鳴りだした。

教室に吸いこまれていく生徒を見ながら、私は言葉の意味をまだ考えていた。


家の駐車場に自転車を停めるころには、雲の合間から小さく青空が顔を出していた。

あのあと、駿とは話をしていない。

栄養士の資格を取れなくてもいい、ってどういう意味なんだろう……。

あの場でちゃんと聞き返せばよかった。

自転車をロックしてから郵便受けを確認すると、水道料金の明細書と一緒に、一通の封筒がちょこんとあった。宛先に私の名前がぎこちない文字で記してある。

裏面を見ても差出人の名前はなかった。

その場で開いてみると、白い便箋《びんせん》に一行だけその文字が書いてあった。


きみのことがすきです。

――どれくらい固まっていたのだろう。

強い風に乱された髪が顔にかかっても、十文字の短い手紙から目が離せない。

正方形のマスに書いたような真四角の文字、『す』の丸の部分と濁点がやけに大きい。

ひょっとして……駿が書いたの？

封筒の表面に目をやれば、切手の値段が今よりもかなり安い。

『幸せを届ける黄色いポスト』から届いた手紙だとすると、十年前の駿はもしかしたら私のことを――。

通学バッグからスマホを出し、美羽に電話をかける。約束をしてから自転車にまたがる。

必死でペダルを漕いでいると、道路の脇にモストバーガーが見えた。

横目で見ながら駅への道を急ぐ。走りながら忘れていた記憶が徐々によみがえってくる。

あの企画は小学一年生の春にはじまった。先生が『みんなで書いてみましょう』と言い、便箋を配ってくれた。私は十年後の自分に手紙を書いたけれど、駿は私に書いてくれたのかもしれない……。

遊歩道を急ぐと、ようやく赤レンガの壁が見えてきた。

「急にごめん」

挨拶もそこそこに、もどかしく自転車を停める。

「別にいいよ。部室、なんか居づらい感じだったし」

美羽がベンチの隣をポンポンと叩いたので腰をおろし、さっきの手紙を渡した。

「十年前の誰かから手紙が届いたの」

美羽は手紙に目を通すや否《いな》や「うお」と声をあげた。

「『きみのことがすきです』ってヤバくない？　絶対に駿からでしょ！」

絶叫する美羽に、無意識に唇を尖らせてしまった。美羽も気づいたのだろう、不思議そうに首をかしげている。

「あの、ね」と考えがまとまらないまま口を開く。

「駿からだとうれしいよ。でも……結局、十年前の手紙だし。そもそも駿が書いたっていう証拠もないから」

「本人に手紙を見せて聞いてみたら？」

返された手紙をじっと見つめる。

「なんて聞くの？　『これ、駿が書いてくれたの？』って？　違ったら恥ずかしすぎる」

しょげる私の肩を美羽が「もう」と叩いた。

「土曜日に会うんでしょ。そのときにさりげなく聞けばいいんだよ。そうだなあ、『こういう手紙が届いてね』みたいに。自分で書いてたなら名乗り出てくれるよ」

そううまくいくのかな……。たぶん、私の性格では聞けそうもない。

「あのさ、私、本当に駿が好きかどうかわからないの」

あの日、駿は私に夢を語った。駿がイタリアンのお店を開き、私はそこのパティシエとして働く。遠い未来の話なのに、ふたりで働いている姿がリアルに浮かんだ。

あまりにも強烈な出来事すぎて、私はずっとあの日の駿を追い求めているのかもしれない。だから、今の彼とのギャップに戸惑《とまど》っているんだ。

街灯がつく前の時間だけど、美羽に話せたことで少しだけ視界が明るくなった気がした。

「ありがとう。美羽に聞いてもらえてよかったよ」

「さすがはあたし。だてにたくさん恋愛してるわけじゃないからね。まあ、片想いしかしてないけど、それは今後に期待ってことで」

手紙をしまい、立ちあがると、遠くの空がチカチカと光った。遅れて雷鳴が街に響く。

「雨が降りそう。テスト前なのに呼び出してごめんね」

「平気平気。今日は送らなくていいよ。ダッシュでバスまで走るから」

駆けだす美羽のうしろ姿を見送ってから自転車にまたがった。

まだ雷鳴は遠い。明日は晴れるといいな。

＊＊＊

ここはどこなんだろう？　私の家はどっちにあるの？
見あげた空は濃いオレンジ色。
歩く人が、まるで影絵みたいに真っ黒だ。長い影と一緒に歩いている。
ベンチに座る私の影はどんどん大きくなっていて、私ごと呑みこんでしまいそう。
涙がポロポロとこぼれ落ちる。
迷子になっちゃった。どうやって帰ればいいのかわからない。
お母さん、お母さん……！
「ねえ」
影絵が私に語りかけた。怖くて体が小さくなる。
けれど、坊主頭を見て同じクラスの男子だって気づいた。
まだ話をしたことがないけれど、窓際の席に座っている子。
でも、小学校に入ったばかりで名前がわからない。
「俺は、しゅんって呼ばれてる」

超能力でも使ったみたいに、しゅんくんが自己紹介をしてくれた。

「私は優衣」

「ゆい」とくり返し、しゅんくんは私の隣に腰をおろした。

「ひょっとして迷子？」

「……うん。どこにいるのかわからなくなっちゃった」

「住所はわかる？」

「えっと……加茂《かも》？」

「じゃあ加茂まで送ってあげる。近くまで行けばわかるよね」

うなずいたとき、しゅんくんの膝《ひざ》の上にある白い紙箱に気づいた。

「あ、これ？　白菊屋《しらぎくや》のケーキ。お店のおじさんがくれたんだ」

「ケーキをもらったの？」

タダでもらえるなんてありえない。

だって買い物をするにはお金が必要だから。

きっとしゅんくんは嘘を――。

「嘘じゃないよ」

また先回りするしゅんくん。さっきまでの恐怖はもうどこにもなかった。

「お店のおじさんがお母さんの親戚でね、将来のためにいろいろ教えてもらってる」

「ショーライってなに？」

「イタリアンレストランのシェフになりたいんだ。って、わかる？」

よくわからなくて首をかしげると、しゅんくんはニッコリ笑った。

「おじさんがうちに来たときに作ってくれたパスタが大好きなんだ」

「私もパスタ大好き。あれ？　でも、おじさんはケーキ屋さんなんでしょ？」

「おじさんはなんでも作れるんだ」

しゅんくんが白い箱を開けると、生クリームがはさまったパンと四角いケーキが入っていた。

当たり前のようにしゅんくんはパンをふたつに割って、大きいほうを渡してくれた。

「これはマリトッツォって言うんだ。イタリアのデザートなんだって」

自慢げに胸を反《そ》らし、しゅんくんはひと口食べて「美味しい！」と歓喜の声をあげた。

食べてみると、口のなかに甘さが一気に広がった。

「美味しいね。パンがフワフワで生クリームと同じくらいにやわらかい」

疲れと恐怖がとけていくのを感じた。

しゅんくんの顔は逆光でよく見えないけれど、ワクワクしているのが伝わってくる。

「ほかにはどんな感想？」

「えとね、ミカンみたいな酸っぱさもある。あと、お母さんが好きなレーズンが入ってる」

「正解。酸っぱいのはオレンジピール。レーズンを入れるのはイタリアならではなんだ。ゆいちゃんは才能あるよ」

しゅんくんの説明はカタカナばかりでよくわからなかったけれど、褒《ほ》められたことがうれしかった。

「おうちまで行ってあげる」

歩きだすしゅんくんに遅れまいとついていく。

夕日があまりにも大きくて、しゅんくんと私の影がひとつになった。

「俺は菊川でイタリアンのシェフになる。ゆいちゃんはパティシエになってよ」

ふり向いたしゅんくんが朱色の世界で照れたように笑った。

「パティシエ？」

「デザートの担当ってこと」

それから家に着くまで、しゅんくんは夢を余すことなく語ってくれた。

お母さんと一緒にしゅんくんを見送るとき、心に温度が灯《とも》るのを感じた。

すぐにこれが恋だってわかったんだ。

＊＊＊

透明のカサに雨がぶつかり、くだけて落ちる。

昨日の夜遅くに降りだした雨は、どんどんひどくなり、少し先も見えないくらい。

モストバーガーへ向かいながら、今朝見た夢を思い出す。駿と出会った日の夢を見たのは久しぶりだ。

あの日、駿が家に送ってくれたあと、学校で会っても私は話しかけられなかった。

迷子になったという恥ずかしさもあったし、そのうちクラスも別々になり、挨拶さえ交わせない関係に。

中学二年生で同じクラスになったとき、駿がこの高校の栄養科を目指していることを知った。そこから急速に親しくなったけれど、高校に入ってからは近づいたり離れたり。

そんなことを思っていると、いつの間にかモストバーガーに着いていた。

靴もスカートのすそもびしょ濡れだ。カサをたたんでいると、自動ドアの開く音がした。

「うわ」

声のほうに顔を向けると、春哉が驚いた表情を浮かべていた。白いTシャツにデニム、背中には黒いリュック。夏らしい恰好《かっこう》が天気と合っていない。

「なんで春哉？」

「それはこっちのセリフ。俺はここの常連で、『プラザきくる』とモストを行ったり来たりしながら勉強してる。優衣は？」

「あ、その……」

チラッと店内に目を向けるが、駿はまだ来ていないようだ。つられて店内に目を向けた春哉が納得したようにうなずいた。

「駿に会いに来たってことだね。今日は遅番だから終わるの遅いと思うけど」

「遅番？　え、バイトに入ってるってこと？」

「もう働いてるよ。知らなかったの？」

あいまいにうなずくと、雨の雫《しずく》が髪からポトリと落ちた。

春哉はそれ以上聞くこともなく「じゃあ」とカサをさし、雨のなかへ消えていく。

気を取り直し、店内に足を踏み入れるけれど、やはり駿の姿はどこにもない。なんでバイト中に私を呼び出したんだろう。さっぱり意味がわからない。

アイスコーヒーを注文して代金を支払う。しばらく待つしかないか……。

「あの」と、レジを打つ女性スタッフが声をかけてきた。

「優衣ちゃんだよね？」

女性スタッフは私を見てうれしそうに笑っている。ぱっちりとした目に、頰に載《の》せたピンク色のチークが似合っている。髪はボブカットで昔と変わっていなくて――。

「あ……加奈《かな》？」

「そう！　沢水《さわみず》加奈。覚えててくれたんだー」

どちらからともなく手を伸ばし、カウンター越しにハグをした。

加奈とは小学生のころから一緒で、仲良し二人組として有名だった。小学校六年生の二学期に、加奈が引っ越してしまったときは身を引き裂かれる思いだった。転勤になった加奈パパを恨んだりもした。

「今年やっと戻ってこれたの。今は小笠《おがさ》第二高校に通ってるんだよ」

もともとアイドルみたいにかわいかったけれど、今じゃそこにキレイも加わっている。

「そうだったんだー。すごい偶然だね」

「連絡先がわかんなくて困ってたから、めっちゃうれしい！」

キャアキャア騒いでいると、キッチンの奥から駿がやってきた。

「お、来たな。加奈に会えた感想は？」

ニヤリと笑う駿の隣で、加奈がリップの載った唇で笑った。

「実は、私が優衣に会いたいってお願いしたの」

そっか、加奈と駿は小学生のころ、仲がよかったっけ。

駿が私を呼び出したのって、これが理由だったんだ……。

思いもよらない展開で、思わず目をぱちくりさせる。

「そうだったんだ。駿、ありがとう。ほんとにうれしい」

「サプライズ大成功。ゆっくりしてって」

そう言うと駿はキッチンの奥に消えた。加奈によると、これから休憩時間とのこと。

キッチンが見える席に座り、加奈と思い出話に花を咲かせた。連絡先を交換したので、これからはいつでも会える。

アイスコーヒーを飲むと、店内のＢＧＭと雨音が重なり、違う音楽を奏《かな》でているみたい。

休憩時間が終わって加奈が仕事に戻ったあと、スタッフ用ドアが開き、駿が急ぎ足でやってきた。ユニフォームの上に、よく着ている半袖の白いパーカを羽織っているので、誰もスタッフだとは気づかないだろう。

私の前の席に座ると、なぜか駿はレジのほうを気にしながら「あのさ」と言った。

「雨なのに来てもらって悪かったな」

「ううん。加奈に会えるとは思ってなかったから、うれしすぎる」

「ならよかった」

言葉とは裏腹にどこか駿は元気がない。自分でも気づいたのだろう、駿が姿勢を正した。

「あいつ、掛川《かけがわ》大学の外国語学部を目指してるんだって。留学もできるみたいでさ」

言われて思い出した。加奈の従妹《いとこ》はアメリカに住んでいて、たまに戻ってきては話を聞かせてくれたらしい。また聞きのエピソードのいくつかをまだ覚えている。

「俺も昔から海外に憧《あこが》れてたんだ。だから、加奈と同じ大学を目指そうかな、って」

天気の話でもするように、あっさりと駿は言った。

「掛川大学へ行くってこと？　でも……シェフになる夢は？」

「懐かしい。よくその話、してたよな。俺がシェフになりたいって思ったのは、確実に優衣の影響だし」

そっか……最初に言いだしたのは駿なのに、忘れちゃうくらいのことだったんだね。

春哉も言ってた。人は記憶をすり替えることができる、って。

「海外の人に日本語を教える。それが俺の今の夢」

ニッと笑う駿。夢が変わるなんてよくあること、と自分に言い聞かせながらうなずく。

「でさ」と駿が声のトーンを落とした。

「来てもらったのは、加奈に会わせたかったのもあるけど相談したいことがあってさ——」

「相談……うん、聞くよ」

こんな真剣な顔、見たことがなかった。話が見えずに緊張する。

「ほかに相談できる人いなくってさ。春哉は恋愛に興味がねえし……」

それ以上話すことなく、駿は視線をテーブルに落としている。

奇妙な沈黙をＢＧＭと雨の音が埋めていく。

三秒か三十秒か、駿が意を決したように顔を近づけてきた。

「加奈のこと、どう思う？」

カナノコト、ドウオモウ？

言葉の意味を理解する前に、駿は続けた。

「俺、加奈のことが好きなんだ」

「……そうなんだ」

ショックを感じることもなく、自然に受け入れていた。

やっぱり私が好きだったのは、十年前、赤レンガ倉庫の前で会った駿だったんだ。もうあの日の駿はどこにもいないし、目の前にいる駿も彼じゃない。

十年前の出来事にこだわっていた自分に、やっとさよならできる……。

「おい、なんで笑うんだよ。こんなに真面目な話をしてるってのに」

駿に言われて、自分が笑っていることに気がついた。

「ごめんごめん。てかさ、そういう相談なら美羽にすればいいのに」

「あいつおっかねえからさ。優衣ならちゃんとアドバイスくれると思ったんだよ」

顔を真っ赤にする駿に、妙に納得してしまう。

「そっか。じゃあアドバイスするね。昔から知ってるけど、加奈はすごくいい子。駿とお似合いだと思う」

「マジで!?」

目を見開いた駿が、加奈のほうをふり向いてから、慌てて体を小さくした。

「うん。でもさ、恋を叶えるなら同じ大学に行ったほうが有利だよね？」

「そのつもり」

「掛川大学を目指すならそれなりに勉強が必要でしょ。同じ夢に向かってがんばってる姿を見れば、加奈だって好きになるかもよ」

もう大丈夫。心から言えるよ。

「だからがんばって。駿のことを応援してるよ」

雨のせいか、『プラザきくる』は閑散《かんさん》としていた。

春哉はテーブルに座り、テキストを広げている。いつもニコニコしているのに、真面目な顔で文章を目で追っている。

ヒラヒラと手をふると、ようやく気づき、目じりを下げていつもの笑みを浮かべた。

「びっくりした。誰かと思った」

「さっき、行くって言ってたから」

向かいの席に座ると、春哉はいそいそとバッグからペットボトルのお茶を取り出して渡してきた。

「え、いいよ。さっきモストでたくさん飲んできたし」

「お客さんにはおもてなししなくちゃ。まだまだたくさんあるんだ」

バッグのなかから違う種類のお茶を見せてくるので笑ってしまう。

「ありがたく頂戴《ちょうだい》します」

「なんか晴れてる」

「え?」

きょとんとする私に、春哉は眉をひそめて顔を近づけた。

「スッキリした顔してるな、って。勘違いかもだけど」

「ああ」と素直にうなずく。

「そうだね。長い悩みが吹き飛んだ気分。もうしろはふり返らずにがんばろう、って思えたの」

きっと意味がわからないだろうに、春哉はうれしそうに顔をほころばせた。

「いいね、それ。お互いがんばろう」

「春哉はずっと勉強してたんでしょ？　意外と真剣な顔しててビックリしちゃった」

「あー」と春哉は目をカーブさせた。

「いつも笑ってて悩みなさそう、とか言われるけど、たまには真面目な顔もするんだ」

「でも、実は悩んでることがあるんだ？」

「まったくないけどね」

そんなことを言う春哉に思わず噴き出してしまった。春哉もおかしそうに笑い声をあげている。

「シーッ」

周りの人の迷惑にならないように人差し指を口に当てるけれど、ツボに入ったらしく、ふたりとも笑いをこらえきれない。

ひとしきり笑ったあと、目じりの涙を拭《ぬぐ》いながら「もう」と春哉をにらみつける。

「春哉といると笑ってばっかり。でも、それが春哉のいいところだよね」

「それってただのムードメーカーって聞こえるけど？」

クスクス笑う春哉に、首をブンブンと横にふってみせた。

「違うよ。春哉のそばにいる人はみんな幸せになれるんだよ。そういう力を持ってるの」

春哉のノートにはびっしりと文字が書かれている。テキストにも蛍光ペンの色を使い分けて線が引いてある。

私もがんばらないと、と気合いを入れた。駿への想いが終わったとしても、パティシエになる夢に変わりはない。

「すごいな……」

春哉のつぶやきに「ん？」と首をかしげた。

「なにが？」

「いや……。優衣って、人のいい部分にいつも目を向けてくれるから」

「そんなことないよ。こう見えて、かなりネガティブだし」

急に恥ずかしくなり、隠れられるわけもないのに体を小さくすぼめた。

「入学してすぐのころに調理テストがあっただろ。あのとき俺が作った『ジャガイモのガレット』覚えてる？」

「うん、覚えてるよ」

ジャガイモをスライサーで細く切ってまとめ、チーズをのせてこんがり焼いたガレットは絶品だった。

「あれは正直大失敗だったんだ。先生からも『チーズをのせると冷めたあと硬くなるから混ぜこんだほうがいい』って言われたし、味つけも薄すぎた。でも、優衣は逃げ出したくなるほど褒めてくれた」

「実際に美味しかったから言ったんだよ。先生の評価には今でも納得できてないもん」

お世辞だと思われてたらどうしよう。焦《あせ》る私に、春哉はゆっくりとうなずいた。

「うれしかったよ。いいところを評価できるようになりたい、って自分でも思えたし」

「できてるよ。私こそ、今日春哉と話せてよかった。夢に向かってがんばろうって思えたから」

「俺たちはお互いに励まし合って生きていこう」

「それいいね」

そうして私たちはまた笑い合った。

失恋した直後だというのに、くすぐったくてやわらかい時間だった。

菊川高校の校門に辿《たど》り着くためには、急斜面の坂をのぼらなくてはならない。

自転車を押し、苦行《くぎょう》のように一歩ずつ前へ進む。足を止める。また、進む。

朝からヤバい予感はしていた。せっかくスッキリした気持ちで寝たのに、朝起きると感じたことのない頭痛に襲われていた。

自転車がやけに重く感じる。体もだるいし、今すぐにでも横になりたい。

足が、また止まる。ふり返ると、菊川の街並みの上に曇天《どんてん》の空が広がっている。

生徒の波が私を追い越していく。歩くたびに頭痛がひどくなっていくようだ。

「おはよう」

春哉が坂道を軽やかにのぼってきた。

私の顔を見るなり、春哉は眉をひそめた。

「どうかした？　昨日と打って変わってひどい顔してる」

「そんなに顔に出てる？　なんか超能力者みたい」

そう言ったとたん、春哉が私のおでこに手を当ててきたから驚いてしまう。

「冷たいって」

体をのけぞらせる私に、春哉は推理でもするようにあごに手を当てた。

「冷たく感じるってことは熱がある証拠。ひょっとして頭痛とかもある？」

「実は……ある」

「それって完全に風邪の症状だよ。夏風邪、流行《はや》ってるんだって」

そう言うと、春哉が私の自転車のハンドルを握った。戸惑っているうちに坂道を降りていく。

「え、待って」

「帰ったほうがいい。俺から先生に言っておくから」

「大丈夫だって。ぜんぜん平気だから」

追いつくが、春哉は足を止めてくれない。坂をのぼってくる生徒たちが不思議そうな顔で私たちを目で追ってくる。

「優衣のいいところは、人の長所を褒めること。悪いところは、無理をしがちってこと。明日からのテストを乗り切るためには体力が必要。下まで送っていくから」

「だから平気――」

言葉の途中で激しい頭痛に襲われ、思わずうめいてしまった。素直に帰るしかなさそう。

歩くごとに、寒気に襲われている。春哉が言うように、風邪をひいてしまったのだろう。

「昨日でリセットできたと思ってたのに、なんか情けない……」

しょぼくれながら坂を下っていく。

「人って生まれ変わるタイミングで体調不良になるんだって。リセットするための準備をしてるんだよ」

「春哉にもそういう経験、あるの？」

「あるよ」と、春哉はなにかを思い出すように空を見あげた。

「俺も、こないだ十年前の手紙が届いた日の夜に熱が出ちゃったし」

「それって、ひょっとして……あ、いいや」

「言いかけてやめるのはナシ。言ってみて」

「……春哉のお母さんからの手紙だったの？」

「そうだよ。『十年後も春哉が笑っていられますように』って書いてあった」

「じゃあ、お母さんの願いは叶ったんだね」

横顔の春哉が、うれしそうに目を線にして笑った。

「かっこ悪いけど、読んだあと泣きまくったんだ」

「かっこ悪くなんかない。春哉、よかったね」

なんだか私まで泣いてしまいそうで、わざと咳《せき》をしてごまかした。

「ありがとう。でもさ、スッキリした気分でいたら、次の日の夜、熱が出たんだ」

春哉はひまわりみたいな笑みを浮かべている。

坂の下、邪魔にならないように道の端に寄ったところで、ようやく自転車が解放された。

「とにかく今日は安心して寝こんで。きっとすぐによくなるから」

春哉は軽く手をあげ、急ぎ足でもと来た道へ戻っていった。胸がじわっと熱くなっていく。

頭痛が波のように引いていくのを感じながら、見えなくなるまで春哉を見送った。


目が覚めると、春哉が言うように、なにもかもがリセットされた気がしたから不思議。

壁の時計は午後三時を過ぎたところ。ベッドから起きあがると体がやけに軽く感じた。

カーテンの向こう、雲のすき間に太陽が光っている。

ぐっすり寝たので風邪もどこかへ消えたらしく、体も心も元気になっている。

ぜんぶ、春哉のおかげだ。明日会ったらお礼を伝えなくちゃ。

スマホを確認すると、美羽からのメッセージがいくつも届いていた。

【頭痛がひどいって聞いたけど大丈夫?】

【おーい　生きてるの!?】

【優衣がいないとつまらん】

まるで耳元で言われているようで、思わず笑ってしまった。

【もうすっかり大丈夫　テスト終わったらいろいろ話聞いてね】

返信を打つとすぐに既読になった。時計を見るとちょうどホームルームが終わってる時間だ。七月になり、ずいぶん夕暮れの時間も遅くなった。

『菊川赤レンガ倉庫』に行ってみようかな。そこで過去の駿にちゃんと別れを告げよう。

着替えをしてリビングに降りると、

「あら、もう大丈夫なの？」

仕事に行ったはずのお母さんがキッチンで料理をしていた。

「え、戻ってきてくれてたの？」

「当たり前じゃない。朝、メッセージを見て慌てて帰ってきたけど、よく眠ってたから起きるのを待ってたの」

「そうだったんだ。心配かけてごめんね」

お母さんが渡してくれたスポーツ飲料をありがたく受け取る。喉《のど》が渇《かわ》いていたので、冷たさが心地よく胃に落ちていく。

「看病って名目で帰ってこられてラッキーだったわ。昼ドラ見ちゃった」

おどけたあと、お母さんは私のおでこに手を当てた。同時にさっき春哉に触れられたことを思い出し、胸がズキンと跳ねた。

「今は熱ないみたいね。最近なにか悩んでたみたいだからお父さんも心配してたのよ」

言葉にしなくても知ってくれてたんだ。

「もう大丈夫。悩みごとなんてどこかへ飛んでいったみたい」

「ふふ。じゃあテスト終わったら、みんなで食べ放題にでも行こうね」

そう言ったあと、お母さんは壁の時計をチラッと見た。

「一度工場に戻るわね。ご飯の準備はしておいたから、お腹が空《す》いたら先に食べてて」

スマホが着信を知らせて震えた。画面に【美羽】と表示されている。学校から出たところなのだろう。身支度《みじたく》をしているお母さんを横目にスマホを耳に当てた。

「もしもし、美羽？」

『あ、元気そうじゃん』

「今日はごめん。寝てたらすっかりよくなったよ」

『そんなことだと思った』

帰り道にしてはやけに周りが静かだ。

「美羽、ひょっとして教室から電話してる？」

『うん。大石先生に『優衣が心配で』って言ったら、スマホ使っていいって。渋々だけどね』

玄関に向かうお母さんが私に軽く手をふったので同じようにふり返した。

同時に家のチャイムが鳴った。

『あ、お客さん？　切るね。元気になってよかったよ。あたしもこれから「プラザきくる」でテスト勉強するね』

「待って。今、お母さんが――」

返事を待たずに通話は切れた。

と、同時に玄関で「ええ！」とお母さんが悲鳴をあげた。

慌てて駆けつけると、お母さんが「まあ」とか「そうなの」と半分開けたドアの向こうにいる人に話している。

近所の人だろう。とりあえず私もテスト勉強をしよう。

階段を一段あがったところで、「優衣」とお母さんに呼ばれた。

「懐かしいお客さんが来てくれたわよ。じゃあ、行ってくるわね」

お母さんはお客さんに「また来てね。すぐにね」と言い残し、ドアの向こうに消えた。

静かに閉まるドア。

懐かしいお客さんって……誰だろう？

靴を履《は》き、ドアを開くとそこに立っていたのは——春哉だった。

駆けてきたのだろう。荒い息を整えながら、「やあ」といつものように彼は言う。

「なんで？　え、なんで春哉がここに？」

「お見舞いに来たんだ。ううん、美羽から元気になったって聞いたから、リセットした顔を見に来た、ってほうが正解かも」

彼は穏やかな空気をいつもまとっている。春哉は私のことを褒めてくれたけれど、春哉こそ、いつも優しい。

「春哉が言ってたこと当たってた。もう平気。すっかり元気になって生まれ変わった気分だよ」

力こぶを作ってみせると、春哉は自分のことのようにうれしそうに笑う。

「わざわざありがとう。あれ……待って。春哉、なんで私の家を知ってるの？」

お母さんも親しげに話をしていた気がする。

「その理由を説明したいから、少しだけつき合ってくれる？　一緒に行きたい場所があるんだ」

春哉は犬が『待て』と言われたときみたいに、上目遣いでじっと見つめてくる。

「わかった」

家のカギを締めると、春哉は駅に続く道を指さした。

「少し距離があるから、自転車に乗ってくれてもいいけど」

ひとりで自転車に乗るわけにもいかないので、黙って春哉の隣に並んだ。

空には傾きかけた太陽が光り、周囲をオレンジ色に染めている。

春哉ともずっと一緒の気がしていたけれど、よく考えたら高校で一緒になった人だ。

電車通学しているのは知っているけれど、どこに住んでいるのかも知らないし、将来の夢についても聞いたことがなかった。

知らないことは多いけど、春哉ならちゃんと話してくれるとわかっているから不安はなかった。むしろ、一緒にいられる時間が心地いい。

遊歩道に足を踏み入れる春哉。駅から流れてきたサラリーマンの姿がちらほら見える。

左手に『菊川レンガ倉庫』の建物が現れた。

春哉がベンチのひとつに腰をおろすのを見て、思わず足が止まった。

「え……ここ?」

「そうだよ。ここで優衣と話がしたかった。これからは謎解きタイムってところ」

戸惑いながら腰をおろした。春哉が名探偵よろしく指を一本立てた。

「十年前から手紙が届いたよね? 最初は自分から。美羽があれだけ騒いでたんだから、好きな人がいる、みたいな内容ってことはわかる」

「まあ……当たってる」

「もう一通手紙が届いたよね？」

その言葉に頭がフリーズした。ぽかんと春哉に顔を向けると、彼はやさしく目じりを下げた。

「内容はこう。『きみのことがすきです』って、ぜんぶひらがなで書いてあった」

意味がわからない。あの手紙の話は美羽にしかしていない。美羽はああ見えて口が堅いから、春哉に漏らしたという可能性はないだろう。

「あの手紙は俺が書いたんだ」

「……え？」

春哉の顔に夕日が当たっている。

「俺が書いた手紙が、十年のときを越えて優衣のもとに届いたんだよ」

「春哉が？　え、そんなのありえないよ。だってあれは小一のときだから、まだ出会ってないよね？」

背もたれに体を預けた春哉が空を見あげた。燃えるような夕焼けが街を包みこんでいる。

あの日、駿と見た景色とよく似ている。

「十年前、俺は休みのたび、白菊屋に通って料理について教えてもらっていた」

「待って……」

「マリトッツォをもらって帰るときに、迷子になっている女の子を見つけた」

「待ってよ」

「イタリアンのシェフになりたいって言ったよね？」

「待って！」

立ちあがる私を、穏やかな表情で見てくる春哉。そんなの……そんなの信じられない！

「おかしいよ。だって、だって……」

「家に着くまでの間、いろんな話をしたよね。パティシエという職業を君に教えたのは俺だった」

毎日あの日のことを思い出した。そのたびに、夢へまた一歩近づけたような気がしていた。

「でも、あのとき会ったのは春哉じゃない。駿だったはず」

「そのことを駿に話した？」

「ううん。しばらくは学校でもうまく話ができなかったから。学年があがってからその話をしたら、『どうだっけ』って……」

それでも駿はシェフを目指していた。彼のなかでは私に感化されたということになっていたけれど、べつにかまわなかった。

「駿は正しい。だって優衣は勘違いをしているから」

「勘違い？」

軽くうなずく春哉。おそるおそるベンチに再び腰をおろすと、目の高さで夕日が燃えている。世界はオレンジ色に染まり、歩く人たちは影絵のように真っ黒だ。

時間が巻き戻るような感覚。

「君に名前を聞かれたとき、俺は当時のあだ名を教えてしまった。クラスで同じ名前の男子がいたせいで、俺は春哉の春から『しゅん』っていうニックネームで呼ばれていたんだ」

「しゅん……」

あの日のしゅんくんが春哉の顔と重なった。

「優衣の家まで送ったときに、おばさんにすごく感謝されてね。お礼をしたいと言われたけど、うちの住所も電話番号もわからなかったんだ。そしたらおばさんが自分の家の住所をメモに書いてくれた。君の名前の漢字もそこで初めて知った」

そうだったんだ……。私が駿だと思っていた人が春哉だった。

複雑に絡み合った糸がほどけていくみたい。

「あんな手紙を出してごめん。入学してすぐなのに引っ越しをすることが決まってしまって、どうしても伝えたくなって出したんだ」

「ううん。でも恥ずかしい。勘違いしてたなんて」

「俺こそ紛《まぎ》らわしいことをしてごめん」

「私のほうこそ、気づかなくてごめん」

ペコペコと頭を下げ合ってるうちに、おかしくなってふたりで声をあげて笑ってしまう。

「じゃあ、高校に入って再会したんだね」

「ビックリしたよ。クラス分けの名簿を見たら優衣の名前があったんだ。まさか同じ高校にいたなんて。しかも栄養科に。最初の調理テストで、あの日俺と食べたマリトッツォを作ったよね？」

あれ以来、同じ味を再現したくて何度もチャレンジしてきた。春哉は覚えていてくれたんだ……。

「うれしかったよ。思わずあの日のことを話したくなって、必死に我慢したんだから」

「え……だったら話してくれればよかったのに」

それなら迷路に入りこまずに済んだはず。すると春哉は「はは」と声に出して笑った。

「できるはずないよ。だって優衣は駿に恋をしていたから」

「あ……」

そんなに表に出てしまっていたんだ……。

「でも、あきらめるつもりはなかった。こっちは十年間も好きでいたんだから」

「私は勘違いして、違う人を好きになっていたんだね……」

恥ずかしい。でも、うれしくて泣きたくなる。

「大丈夫。真実を伝えられただけで満足だから」

春哉のうれしそうな顔を見ていると、胸が熱くなるのを感じた。

「春哉、あのときは本当にありがとう。まだ少し混乱してるけど、私があの日会った男の子に恋をしたのは事実だから。この先どうなるか、とかはわからないけど、もっといろんな話をしたい。昔のことも、これからのことも」

心地よい風が吹く。

私たちはそれから、十年前に戻り、お互いの夢を語り合った。

「じゃあ、また明日」

「また明日」

手をふる春哉が影絵に見えても、もう不安になることはない。

夕焼けが終わりそうな空は、明日へと続いているのだから。

春哉へ

十年前にもらった手紙の返事をしたくて、この手紙を書いています。

十年前のことは、今でも思い出すたびに恥ずかしくなってしまう。
まさか、あの日助けてくれた男の子を勘違いしてたなんて。
夏に久しぶりに赤レンガ倉庫で話せて、本当に良かった。
あれから、たくさん話をするようになったね。
一緒に勉強したり、帰ったり、今は毎日がすごく楽しいよ。

いよいよ実技試験が近づいてきたね。
ふたりとも筆記試験はクリアできたけど、実技試験は緊張しちゃいそう。
私はマリトッツォ、春哉はジャガイモのガレットに再挑戦だね。

何度もふたりで作り直したから、きっとうまくいくよ。

そしていつか、シェフとパティシエの夢も叶えられるって信じている。

もう何年も、誰かを好きになるってどういうことかわからなかった。

だけど、十年前に話したのが春哉だと知ったときに、その気持ちをとっくにわかっていたことに気づいたんだ。

今ならちゃんと答えられるよ。

春哉、あなたのことが好きです。

優衣より

2 花火が消えるまでの永遠

河東明日香《かとうあすか》（二十四歳）

幼いころからひとりでいるのが好きだった。

無口な父の遺伝子を濃く受け継いだのか、幼稚園ではいつもひとりで遊んでいた記憶が残っている。

小学生、中学生のときは図書室が自分の居場所。

高校や大学では少人数のグループに属し、そのなかでは気兼ねなく話をすることができた。ほかのグループの生徒や先生とはほぼ話さず、部活やサークルに入ろうと思ったことは一度もない。

けれど、このままじゃいけない、という焦燥感《しょうそうかん》はいつも隣にあった。輪のなかに入れていないという劣等感はあったし、この閉ざした扉を開けたいという願望もあった。

大学の就職活動のとき、菊川市《きくがわし》南部にある工場を訪れた。低い山の中腹に突如《とつじょ》現れる白い大きな建物。どんな仕事をしているのかすら理解しないまま、説明会に参加した。

プレス設備や金型加工設備があり、何百人もの従業員が青い作業着に身を包み、働いていた。担当者の説明では製作部のほかに、人事部や総務部、設計部や開発部など、さまざまな部署により構成されているとのこと。

ほかにもいろんな会社の見学をしてきたけれど、直感的にここだと思った。対応してくれた職員だけじゃなく、工場を見学しているときに接した従業員の誰もがにこやかだった。方言バリバリの言葉を温かく感じ、油で汚れた手さえ美しいと思った。

ここで働けば、たくさんの人と関われる気がした。

だから採用通知が届いたときには、不安よりも大海原へ漕《こ》ぎ出すような高揚感を抱いた。生まれ変わった気持ちで、いろんな人と関わろう、と。

それなのに……。


「失礼いたします」

電話の相手が切るのを確認してから、そっと受話器を置く。

ピッタリと向かい合った四つのデスク、少し離れた場所にある事務長のデスク。あとは複合コピー機と書庫があるだけの簡素で小さな部屋。

「あーあ」向かいのデスクの平川《ひらかわ》玲奈《れな》がぼやいた。

「火曜日ってほんと憂鬱《ゆううつ》。次の休みまで長すぎ」

玲奈はこの部署で唯一《ゆいいつ》の同期だ。

と言っても、本社にある第二事務部の従業員は五人しかいない。菊川第二工場と掛川《かけがわ》工場、系列会社との調整や連絡のために五年前に新設された部署とのこと。大人数の従業員を抱《かか》える第一事務部とは電話で話すくらいで、ほとんど顔を合わせることもない。

配属されて二年、私の世界は小さいままだ。

「金曜日にワープしないかなあ。眠くてたまんない」

玲奈があくび交じりに言った。

七月一日、火曜日。今日から新しい月がはじまったし、月末業務を終えたばかりで気が抜ける気持ちもわかる。

「月曜日のほうが次の休みまでは長くない?」

玲奈がひょこっとモニターの向こうから顔を出した。ウェーブがかかった髪に濃いめのメイク。薄いブルーの制服がよく似合っている。

「月曜日は土日に充電したパワーが残ってるからね。今日はもうダメ。水曜日になれば残り三日で休みだって思えるんだけどな」

玲奈は受付業務のある総務部に配属されたかったらしく、今も異動を希望し続けている。

「それにさ」と玲奈は不満げにほかのデスクに目を向けた。

「なんでおじさんとおばさんは外出できるのに、私たちはダメなわけ？」

「そんな言い方しないの。川上《かわかみ》さんは菊川第二工場で研修、牛渕《うしぶち》さんは会議でしょ」

川上さんは来年が定年の男性で、牛渕さんは五十歳の女性。ふたりとも穏やかな性格で、私たちにもよくしてくれている。

「予定くらいわかってますぅ。こんな狭い部屋に一日中押しこめられてるのがイヤなの。こんなのまるで監禁じゃない」

「みんな担当している業務が違うんだから仕方ないよ」

「あー、早く総務部に異動したい」

出勤時にはたくさんの従業員と一緒になるが、第二事務部があるのは工場敷地内のいちばん奥にひっそりと建てられたプレハブ小屋のなか。勤務中にほかの部署と関わることはほぼないし、そもそもこの部署の存在すら認知されていない可能性だってある。

パソコンの画面から掛川支社へメールを送れば完了。中継ぎみたいな仕事を一年続けている。もっといろんな部署の人と関わりたいという意欲は、日に日に薄れている。

「ぜんぶ富田《とみた》さんのせいだよ。イケメンなのはいいけど、不愛想すぎると思わない？」

玲奈はなにかにつけて富田さんのことを悪く言う。

「富田さんだって大変だと思うよ。ほかの部署から急に異動になっちゃったし」

富田和馬《かずま》さんは、私よりも三つ上の二十七歳。三カ月前、事務長が休暇中の事故で休職してしまったことで抜擢《ばってき》され、今は事務長代理を務めている。

ギイとドアの開く音がして、富田さんが戻ってきた。

ユニフォームのある私や玲奈と違い、事務職の男性はスーツを着用している。

「お疲れ様です」と声をかけると、わずかにうなずきを返してくれた。

ボサボサの黒髪に薄いフレームのメガネ。鼻筋はとおっているのに一文字《いちもんじ》に結ぶ唇のせいでいつも怒っているように見える。

富田さんのデスクへプリントアウトした資料を持っていく。

「総務部から届きました。創業祭のスケジュールの最終決定稿です」

手渡した資料をチラッと見た富田さんが、山積みになった書類の上に重ねた。

「あと、菊川第二工場から届いた依頼書です。すぐに返事がほしいそうです」

『すぐに』を強調したのに、またしても山の頂上に裏向きで置かれてしまった。

玲奈の言うことも少しは納得できる。無口で無愛想な富田さんは、学生時代の自分そっくり。必要最低限しか口を開かないゲームでもしているみたい。

「あの、お返事を……」

「わかった」

話は終わり、とキーボードを打ちだす富田さん。席に戻る途中で玲奈が『ほらね』と言いたげな表情で見てきた。わかったから、そんなわかりやすい態度を取らないで。

「お疲れ様。いやあ、座りっぱなしで腰が痛くてたまらん」

川上さんがくたびれた様子で戻ってきた。うしろに流した白髪、深いシワ、年代物のスーツのせいで、昔からおじいちゃんだったみたいな気がする。腰、足、肩、頭、と日替わりで痛みを口にし、昼食後は椅子で船を漕《こ》いでいることも多い。

「富田くん。研修の記録、メールで送っておいたから」

「プリントアウトしてください」

そっけない富田さんに、川上さんが苦笑いする。

「経費削減って言われてるだろ？　そろそろペーパーロスについて考えてくれないと」

「それを言うならペーパーレスです。メールだと埋もれてしまい、見落としてしまうので」

「はいはい。仰《おお》せのとおりに」

と、川上さんがいたずらっぽい目で見てくるので、あいまいにほほ笑んでおく。

「そういえば明日香ちゃん、創業祭でのうちの担当決まった？」

月末の日曜日に開催される創業祭は、地域に開放されたお祭り。駐車場にたこ焼きやかき氷などの屋台が並び、最後は少ないながらも花火が打ちあがる。秘かな人気は工場見学会で、夏休みの自由研究のために小学生が多く参加する。

「第二事務部は去年と同じく『救護班の補助』だそうです」

「それなら座ってるだけで済むな。うちの息子も来るから、明日香ちゃんにも紹介するよ」

「息子さん、ですか？」

たしか去年の創業祭にも顔を出したと聞いているが、私は会っていない。

うなずいた川上さんが人差し指を立てた。

「仕事は公務員。酒やギャンブルもやらないし、借金もなし。奥手なせいで出会いがなくてね。明日香ちゃんにピッタリだと思って――」

「ちょっと」と玲奈が中腰になった。

「川上さんの息子さんってもう四十だからね。まあ、顔はイケメンと言えなくはないけど、バツイチだよ」

「おい、それは内緒だって言っただろ」

川上さんが白髪の頭をガシガシかいた。

「去年だまされてデートさせられたこと、まだうらんでるんだから。『また会いたい』ってかなりしつこくってさ。どこが奥手なのよ。ほんと、信じられない」

憤慨《ふんがい》する玲奈の向こうで、

「まだ就業中です」

　富田さんがピシャリと言った。バツの悪そうな顔で川上さんがパソコンに向かい、玲奈も「はーい」と返事をして腰をおろした。

　内線が鳴ったので受話器を取る。人事部からの入電で、書類の提出が確認できないという内容だった。いつものことだ。

　口頭で伝えても忘れられることは身に染《し》みてわかっている。メモにまとめていると、窓の外から電子音の奏《かな》でるメロディが聞こえてきた。

　菊川市では、朝七時と十二時、そして夕方五時に防災無線用のスピーカーから電子音の曲が流れる。時間と季節によって曲は変わり、今は『富士の山』が流れている。

「お疲れ様でした」

　真っ先に荷物をまとめた玲奈がロッカー室へ消え、着替える必要のない川上さんはバッグを手に帰っていった。

「人事部からです。書類の提出が今日までとのことですので、お願いいたします」

　富田さんがメガネ越しに私を見た。切れ長の一重《ひとえ》の目が、渡したメモに向く。

「書類……わかった」

私も今日は帰ろう。早く行かないと駐車場で渋滞してしまい、県道に出るまで時間がかかってしまうから。

デスクに戻りかけたところで「ああ」という声が聞こえた。見ると書類の山が雪崩《なだれ》を起こすところだった。バサバサと音を立て、足元に書類が広がった。

着替えを終えた玲奈が気づかないフリで帰っていくのを横目に書類を拾う。

富田さんはうんざりした顔で書類を集めたあと、「どうも」とだけ言い、なにごともなかったかのようにパソコンとにらめっこを再開した。

対外的な仕事は完璧にこなす人。なのに、社内の書類に関してはいつもあと回し。私が渡したメモも、きっとどこかへ紛《まぎ》れてしまっている。

デスクへ戻る足を意識して止めた。

この部署の人とは気兼ねなく話ができるようになった。ただひとりの例外が富田さんだ。着任当初から誰よりも早くに出社して、帰りもいちばん遅い。日に日に身なりに気を遣《つか》わなくなっているし、明らかに痩《や》せてきている。

「手伝います」そう言ってから乱暴に積み重ねられた書類を手にした。

「優先順に並べ替えます。富田さんは――これです。このメールの返信をすぐにしてください。でないと、私が怒られてしまいます」

先ほど渡したメモを発掘し、富田さんに渡した。

ムッとした顔で受け取り、富田さんがマウスを操作した。メール画面を開いたのだろう。

自分のデスクで書類を分別していく。カタカタとキーボードを打つ音が事務所を支配している。

「終わった」

「では次はこちらです」

次の要提出の書類を渡してから、残りを分類していく。ああ、ひどい。五月にお願いしたメールの返信をまだしていないようだ。

「終わった」

「ではこれを」

普段は堅物なのに、まるで子どもの面倒を見ているみたい。なんだかおかしくって口角があがりそうになる。

紙を繰《く》る音とキーボードを打つ音が重なり、雨音のように耳に届いている。

書類を三つのグループに分け終え、富田さんに渡した。

「こちらが最優先のグループです。これがその次に対応していただくもの、残りは目を通すだけで大丈夫なものです」

もう役目は済んだだろう、一礼してから自分のデスクへ歩きだす。今から帰れば大渋滞は必至だ。それでも普段は感じられない充足感がある。

「悪かった」

ふり向くと、富田さんはメガネを外し、ゆるゆると首を横にふった。

「やることが多すぎて実は困っていた。君たちにお願いするのも悪い気がして、なかなか言えなかった」

「私も人見知りだったので、助けを求められない気持ちはわかります」

言ってすぐにヤバいと気づいた。案の定、富田さんは前髪の間からジロッと見てくる。

「俺は人見知りなんかじゃない。仕事量に忙殺されてキャパオーバーなだけだ」

そう言ったあとで、「まあ」と富田さんは肩をすくめた。

「思い当たる節《ふし》がないわけではないが」

いつもの厳しい表情ではなく、眉間《みけん》にもシワが寄っていない。

「わかります。事務長の仕事って私から見ても大変そうですし」

「自分がなにをしてるのかわからなくなるよ。情けないな」

困ったように眉を下げて笑う富田さん。こんな顔もするんだ……。

「君も……人見知りだったのか？」

「筋金入りの人見知りでした。子どものころの思い出のほとんどが、ひとりでなにかしているときのものです。今でもあまり変われていませんが、変わりたいって思っています」

不思議だ。なぜかスラスラと話せている。今でもほかの部署の人に話しかけられるとうまく返事を返せずに、あとでひとり反省会をするくらいなのに。

「それはすごいな。俺は、ずっと同じ。昇進なんかしたくなかったのに、いきなり部署替え、しかも事務長代理になってしまった」

心底残念そうな富田さんに思わず「ふ」と笑いそうになった。同時に、薄れていたはずのいろんな人と関わりたいという気持ちを思い出し、気づけば口を開いていた。

「私でよければ手伝います。その代わりと言ってはなんですが、お願いがあります。私、もっと研修とか外部との交渉とかに出たいんです」

大海原に出る気持ちでこの会社に入ったのに、まだ港で船を待っている自分を変えたい。

書類の束を引き寄せた富田さんが、「まあ」と続けた。

「ここにある書類が一枚もなくなったら、考えることにする」

「え、本当ですか!?」

思わず声をあげた私に、富田さんの口角が少しあがった気がした。

隠すようにメガネをかけた富田さんが壁の時計をにらんだ。

「残業は困る。もう帰りなさい」

言葉とは裏腹に、その声がいつもよりやさしく耳に届いた。

菊川市と御前崎市《おまえざきし》との境にある茶畑。その真んなかにポツンとある平屋建てが私の家。そばにブルーベリー農園があり、この時期は土日になるとたくさんの観光客が訪れる。

「おう、お帰り」

玄関で靴を脱いでいると、台所から兄の宗太《そうた》が顔だけ出した。

「ただいま」

「今日は天ぷらだって。早く食おうぜ」

三つ年上の兄は、いつも上機嫌だ。昔から勉強が苦手で成績は下から二番目くらい。高校を卒業するのと同時に両親の茶畑を手伝っている。昔からずっと坊主頭で、まだ七月になったばかりだというのにすでに肌が真っ黒に焼けていて、影が歩いているみたい。

部屋で着替えて台所へ行くと、兄はすでに食べはじめていた。

「おかえりなさい。今日は遅かったのね」

母親が天ぷらを揚げている。居間では父が寝転んでテレビを見ている。いつもの光景だ。

「お父さん」

母が声をかけると父はのそりと起きあがり、いただきますも言わずに食べはじめた。

両親の会話が少ないのは昔から。一緒に仕事をしているしケンカしている姿も見たことがない。社交的でないふたりが結婚しただけなのだろうが、子どものころは離婚するんじゃないかといつもヒヤヒヤしていた。

「お茶の葉の天ぷら、マジでうまい。知ってるか？　ほかの県ではあまり食わないらしい」

「そうなんだ」

「母さん、乾燥した茶葉をミキサーして塩に混ぜてみてよ。絶対にうまいから。あとは衣《ころも》に入れるとか」

無口な私たちと違い、兄は社交性に長《た》けている。

「それいいわね。今度やってみるわ」

「製品化したら売れるんじゃね？」

キラキラと目を輝かせている兄に聞こえるようにため息をつく。

「『茶塩』は菊川でも売ってるし」

「マジか。じゃあ茶葉入りの蕎麦《そば》――は、もうあるか。なら、茶葉入りのラーメンとかそうめんとかならいけるだろ。明日香の会社で作ってみたら？」

「うちはそういう会社じゃないから」

そう言うと、不服そうに兄は唇を尖《とが》らせた。とても富田さんと同い年には思えない。

パクパクと天ぷらを食べ進めた兄が「あ」と父を見た。

「二番茶の収穫終わったら『肥料ふり』しないと。発注ってしたっけ？」

「こないだ発注しておいたから、来週には届く」

「さすが父さん。俺はすぐに忘れちまう」

兄のおかげで、家庭内の会話が保たれている。そんなイメージが昔からある。

「希未《のぞみ》さんは元気？」

母が兄の恋人の名前を口にした。

「元気元気。式はまだ先なのに、毎日ドレスの話ばっかしてる」

「あなたもちゃんと考えないと。結婚式のことで揉《も》めるカップルって多いらしいし、女性はそういうの、ずっと根に持つんだから。ね？」

同意を求めてくるけれど、恋愛をしたことのない私にわかるわけがない。

もちろん気になる人くらいはいたけれど、声をかけることはおろか、気持ちに気づいて以降は相手の顔を見ることもできない『恋もどき』レベルの恋しかしてこなかった。

来年はじめに兄は希未さんと式を挙げる。結婚後はここで同居をするので私は出ていく予定だ。念願のひとり暮らしはいいけれど、今みたいに貯金はできなくなるだろう。

「俺はそういうの抜かりないから。希未の好きなようにさせてるし、新婚旅行も『どこでもいい』って伝えてる」

「『どこでもいい』がいちばん困るの。相手任せにしないで一緒に考えなさい」

お母さんの苦言に動じず、兄は「はーい」とおどけたあと、なぜか私に顔を向けた。

「今度の土曜日ってヒマ？　希未とばあちゃんのホームに行くんだけど一緒に行かない？」

「行きたいけど、土曜日は創業祭の打ち合わせがあるんだよね」

「ヒラなんだしサボっちゃえよ。お前、ぜんぜんばあちゃんに会ってないじゃん」

ああ、そっか。この家から会話が減ったのは、おばあちゃんがいなくなってからだ。

おばあちゃんは兄以上に明るくて、ちゃきちゃきしていて頼もしい存在だった。八十歳を超えているのに背筋がピンと伸びていて、目も耳もよく、もちろん頭もしっかりしていた。

いつもひとりぼっちだった私に、『明日香の好きなようにしたらいい』と認めてくれた人。

茶畑で忙しい両親の代わりに台所に立ち、いろんなおかずを魔法のように生み出していた。湯気と一緒に夕飯のにおいが家の外まで漂っていたことを覚えている。

大学生になってもそれは変わらず、これからもずっと一緒だと信じていた。

『老人ホームに入ることにしたから』

ある日の夕飯の席で、そう宣言したおばあちゃん。はじめは誰もが冗談だと思っていた。けれど、契約はすでに最終段階に入っており、あとは父が保証人の欄にサインをするだけとなっていた。

あのときの父の狼狽《ろうばい》ぶりは覚えているし、母はもっと動揺していた。

そして宣言どおり、私の内定が出た次の日、おばあちゃんはこの家を出ていってしまった。

「お正月には会いに行ったし」

そう言ってから、お茶と一緒に苦い思い出も飲みこんだ。

「正月なんて半年前じゃん。その前だってろくに会ってなかっただろ」

「余裕ができたら行くよ」

「断言しとく。余裕ができる日なんて一生こない」

したり顔の兄からテレビに視線を逃がした。

私だって時間があったら会いに行きたい。けれど、想像以上に社会人は大変で、土日はグッタリと寝こんでしまうことが多い。

「とにかく土曜日は無理なの。また考えとく」

テレビではレポーターの人がマイクを手にしゃべっている。右下のテロップには『追跡10年前から届いた手紙』という文字が。

『菊川市では本日より『幸せを届ける黄色いポスト』から順次手紙が届けられています。実際に過去からの手紙が届いたという、青葉台《あおばだい》にお住まいの吉沢《よしざわ》さんのご自宅にお伺《うかが》いしております。こんばんは』

画面に私と同い年くらいの女性が映った。

『こんばんは』

『さっそくですが、十年前に出した手紙が届いたのですね。見せていただけますか？』

青色の封筒を手にした女性が便箋《びんせん》を取り出してカメラに向けた。

『こちらですね。読ませていただきます。「十年後の私へ　私は今、中学二年生です。十年後の私はどんな私になっていますか？　結婚していますか？　仕事はどんな仕事ですか？　私はバスケットボールをがんばっていて――」』

「懐《なつ》かしいな、これ」兄がひゅうと音の出ない口笛を吹いた。

「俺も出したけど、締め切りに間に合わなくて翌日届いたもん」

「ああ」と母が目尻を下げた。

「はがきに書いたのよね。『茶畑を継ぐ』って書いてて、お父さん涙ぐんでたわよね」

「俺は知らん」

そっけなく言い、父はタバコを吸いに居間から外へ逃げた。

テレビではさっきの女性が赤ちゃんを抱いて笑っている。テレビを見る兄の目がカモメの形になった。

「『十年ひと昔』って言うけど、いろいろあるもんだなあ」

感心したように言い、兄はお茶を飲んだ。

十年前か……。なんとなく覚えている。

中学でもその話題になったけれど、年ごろの私たち中学生は興味がないフリを決めこみ、誰にも手紙を出さなかった。

私が今も狭い世界で生きていると知ったら、落ちこんでしまいそう。


「明日香、ちょっといい？」

ロッカーで着替えを済ませた玲奈が小走りで戻ってきた。グレーのカットソーにイエローのプリーツスカートの玲奈は普段以上に気合いが入っている。

「あらー、玲奈ちゃんキレイに着飾っちゃって」

給湯室から出てきた牛渕さんが黄色い声をあげた。丸いフォルムの牛渕さんは入社三十年のベテラン。以前は第一営業部に所属していたそうだ。

「これからデートなんでしょう?」

意味深《いみしん》に笑う牛渕さんに、玲奈はがっくりと肩を落としてみせた。

「デートだったらどんなにいいか。合コンってやつです」

「若い子はいいわね。うちなんて嫁がなんにもしないから、急いで帰ってご飯作らなきゃいけないのよ。息子なんて嫁の言いなりで――」

「ご愁傷様《しゅうしょうさま》です。それでね、明日香」

よほど時間がないのか、牛渕さんを軽くいなしたあと玲奈は私の前に来てパチンと手を合わせ、お願いのポーズを取った。

「メンバーがひとりドタキャンしたの。このとおりだから、一緒に参加して」

「参加って……まさか合コンに?」

「苦手なのは知ってるけど、今回だけだから」

神様を拝《おが》むようにペコペコ頭を下げる玲奈に、「ムリよ」と牛渕さんが代わりに答えた。

「明日香ちゃんは、まだ大切な人との仕事が残ってるもんね」

ドキッとして無意識に富田さんのデスクに視線を向けてしまった。富田さんは午後から会議に出ている。

「私くらいの年齢になると、ちょっとした変化も見逃さないのよ」

牛渕さんの視線が、主《あるじ》の帰りを待つデスクに向けられた。

きょとんとした顔の玲奈が「……ん？」と眉をしかめた。

「富田さんと？　え、なにそれ。明日香、ひょっとしてつき合ってんの？」

「違う。仕事を手伝ってるだけだって」

余計なことを言って！　にらんでも牛渕さんはなんのその、平然とした顔で推理を披露《ひろう》するように人差し指を立てた。

「最近富田さんのデスク、すごーくキレイになってるでしょ。急ぎの案件も、何日も待たされていたのが嘘みたいに、すぐに処理してくれるようになったわよね」

「たしかに。でもそれと明日香は関係ないでしょ」

タメ口で話す玲奈をギロリとにらんでから、牛渕さんは富田さんのデスクに置かれた紙の束を持ちあげた。

「この資料に挟んである付箋《ふせん》って、明日香ちゃんが持ってるのと同じ。つまり、明日香ちゃんが富田さんの手伝いをしてるってこと。手伝っているうち、恋仲に発展するのはよくある話。どうりで最近の明日香ちゃん、ちょっとだけキレイになったもの」

「言われてみればそんな気もする」

　ふたりして私の顔をジロジロ見てくるので、両手を高速で横にふった。

「待って。違う。あの、違うの」

　しどろもどろで否定しても、ふたりは追及をやめてくれない。こういう場面ではコミュ障が思いっきり顔を出してくる。言い訳を考える間もなく頭が真っ白になってしまうのだ。

「明日香、気をしっかり持って」と、玲奈が私の肩をガシッとつかんだ。

「富田さんはやめといたほうがいい。あの人は他人に興味がない氷のように冷たい人なの。きっとDVとかモラハラとかするタイプだと思う。つき合ったら苦労するって」

　ひどい評価だと思うが、玲奈は真剣な口調で諭《さと》してくる。

「あら、私はいいと思うけど。プライベートではすごく甘えん坊かもしれないし」

　牛渕さんの説のほうが現実味はある気がするが、玲奈は「ふ」と鼻で笑う。

「その予想はハズレ。恋愛については私のほうが詳しいんだから」

「それにしては彼氏がずっといないみたいだけど？」

「自分だって嫁いびりをしてるくせになによ！」

「なんですって!?」

　こんなことを話している間に富田さんが戻ってきたらどうしよう。

「ねえ、聞いて」

仲裁しようとするも、「あのねえ」と牛渕さんの声に遮《さえぎ》られてしまう。

「嫁いびりなんかしてないんだから。ちょっと注意しただけで泣くもんだから、こっちのほうがたまったものじゃない」

「そういうのを嫁いびりって言うんです〜」

ダメだ。全然話を聞いてくれない。

「あのっ！」

デスクを力いっぱい叩いて立ちあがると、ふたりは同時に口を閉じた。

「……そういうのじゃないから。富田さん、急に異動になったせいで事務仕事に慣れてないから。私はただ書類の整理を手伝ってるだけ」

玲奈が両手をあげて降参のポーズを取った。

「わかったって。そんな怒らないでよ」

「怒ってないよ。ただ……富田さんが聞いたら嫌な気持ちになるから」

学生時代もそういう噂が生まれることはあった。そのたびに、自分なんかと噂になった相手に申し訳ない気持ちでいっぱいになった。

「なんでもないなら合コン行こうよ。おごるからさ、お願い」

まだ合コンはあきらめていないようだ。

「はいはい」と牛渕さんが玲奈の肩を抱いた。

「しょうがないから私が一緒に行ってあげる。会場はどこ？」

「やめてよ。牛渕さんなんか連れていったら参観日みたいになっちゃうじゃん」

「じゃあ、あきらめなさい」

そう言って牛渕さんは強引に玲奈を連れ帰ってくれた。

ふたりを見送ってから富田さんのデスクへ行く。

最近設置したＡ４の書類がちょうど入るケースに、届いた書類が積んである。そこに付箋をつけていく。赤が『早急』、緑が『普通』、青は『読むだけでＯＫ』というもの。

『大切な人との仕事が残ってるもんね』

『手伝っているうち、恋仲に発展するのはよくある話』

牛渕さんが言った言葉が頭でリフレインしている。

「違う……」

富田さんの手伝いをすることで、自分に課せられた業務もスムーズに進む。仕方なくやっているだけで、よこしまな気持ちなんて一グラムもない。

残り十枚くらいまで整理し終わったとき、一通の封筒が目に入った。

白い封筒に『富田和馬様』と美しい文字で書いてある。差出人のところには宛先と同じ住所、そして『富田和美《かずみ》』の名前が。封は開いていない。

ドアが開き、富田さんが缶コーヒーを手に戻ってきた。デスクには昨日つけた赤色の付箋つき書類がまだ残っている。

「お疲れ様です。今日の仕分け、終わりました」

軽くうなずいた富田さんが、もう片方の手に持っていた缶コーヒーを渡してくれた。

「嫌じゃなかったら」

この数日、手伝いをするたびに距離が近づくのを感じている。

「え、いいんですか？」

「やっと事務の仕事に慣れてきた気がする。まだまだ足りないところはあるだろうが、君に書類を整理してもらってるおかげで、少しだけ気持ちに余裕が持てている。そのお礼だから」

笑顔を見せてくれることも多くなった。

富田さんは仕事の負担が減り、その見返りとして私は外部に出してもらう。お互いの利益が一致した臨時のパートナーみたいなもの。

それなのに、最近では終業後のこの時間が楽しみになっているのは認めるしかない。

他意はないのだからと、自分に言い聞かせても、自販機の缶コーヒーでさえ宝物のように思える。

「悪いけど、ひとつ入力をお願いしたい」

検査数値のデータを渡された。これは仕分けしたときから頼まれる予感がしていた。資料を受け取ろうとするが、富田さんはなぜか持つ手を離してくれない。

「創業祭でやる工場見学ツアーなんだけど——」

そこでやっと資料が解放された。

「受付と案内を手伝ってくれる人を探してるそうだ。救護班の応援はそこまで人手がいらないから行ってみるか？　ついでに参加できる研修がないかも聞いてみるといい」

私の希望を叶《かな》えるために動いてくれたんだ……。

うれしくて資料に書いてある数字が躍《おど》っているように見えた。よろこびと期待に胸が膨《ふく》らみ、自分が受付業務をしている姿が目に浮かんだ。

だけど……私よりもその仕事をしたがっている人がひとりいる。

「玲奈を——平川さんを推薦します」

「え？　だって君が……」

「忘れているかもしれませんが、平川さんは受付業務のある総務部への異動を希望しています。せっかくのチャンスなので平川さんにやらせてあげてください」

目を丸くした富田さんが、中指でメガネを押しあげた。

「君がいいならそれで」

一礼してからデスクに戻った。残念だと思う気持ちと同じくらい、ホッとしている自分もいる。

別に富田さんと離れるのが嫌とか、そういうのじゃない。自分に言い聞かせながらパソコンに向かう。しばらくはカタカタというキーボードの合唱が続いた。

缶コーヒーは甘くて苦くてやさしい味。

玲奈はああ言うけれど、富田さんは悪い人じゃない。好きとかじゃなく、感情を表に出せないのは私と似ているから。親近感から惹《ひ》かれているだけ。そうに決まっている。

じゃあ、この丸い空気はなんだろう。家ですら感じたことのない心地よさがこの時間にはある。ずっとここにいたいと思ってしまうのはなぜ？

入力をしている途中でふと白い封筒があることに気づいた。書類の間に入っていた手紙を持ってきてしまっていた。

「すみません。こっちに紛れていました」

富田さんは「ああ」と受け取り、興味がなさそうにデスクの引き出しにしまった。そこに入れてしまうと、次に発掘されるのはずっと先のこと。

「手紙、読まなくていいんですか？」

「え？　あー、まあ……」

珍しく歯切れの悪い言い方をする富田さん。自分でも気づいたのだろう、ゆっくりと首を横にふった。

「ちょっといろいろあってね」

「私でよければお話、聞かせてください」

思わずそう言っていた。意外そうに目をしばたたかせたあと、富田さんは「いや」と首を横にふった。

「今は仕事中だし」

ひょっとしたら人には言いたくないことなのかも。人の事情に首を突っこもうとした自分が恥ずかしい。きっと嫌な気持ちにさせたに違いない。

「失礼いたしました」

再び入力を開始すると、指先にじんわり汗がにじんでいて、タイプミスを連発した。

缶コーヒーが汗をかき、デスクに円《まる》い染みを作っている。

午後七時を回ったところで、富田さんが業務の終わりを告げた。パソコンの電源を落とせば、空気清浄機の音が急に大きく耳に届いた。

外に出ると、少し先にある工場のライトがまぶしく光っている。

前を行く富田さんと距離を取りながら駐車場へ向かう。

最近は髪型にも気を遣うようになったらしく、前ほどボサボサではなくなった。少し疲れた背中、工場のライトが作る長い影。意識しはじめている私がここにいる。

——ダメ。

富田さんは上司だし、職場恋愛なんて私には無理なこと。

自分に言い聞かせながら、さらに富田さんとの距離を取るためにゆっくり歩いた。

毎日、家と会社との往復しかしていない。狭い環境のなか、たまたま身近にいるのが富田さんというだけ。

こんなことなら玲奈の誘いに乗ればよかった。知らない人と飲むのは怖いけれど、今度誘われることがあったなら参加してみようかな……。

工場脇にある駐車場に着くと、富田さんが足を止めて待っていてくれた。

頭を下げて帰るだけ。自分に言い聞かせながら近づく。

「少しだけいい？」

照明の少ない駐車場で、富田さんの影がそう言った。

「え……あ、はい」

どんな表情をしているのかがわからないけれど、声が真剣なのはわかる。

「さっきの手紙なんだけど、あれ、十年前から届いた手紙なんだ。『幸せを届ける黄色いポスト』の企画で――」

「あっ」言葉の途中で遮ってしまった。

「テレビで観《み》ました。十年前の誰かから手紙が届くって……すみません」

ごにょごにょと尻すぼみになる私に、富田さんはうなずいた。

夜風が私たちの間を吹き抜けていく。

「差し出し人の名前、見た？」

「……すみません。たしか富田和美さんと記してありました」

「俺の母親だった人」

その言い方に、わずかなトゲのようなものを感じた。

「俺が中一のときに離婚して家を出ていった。もともとケンカばっかりしてた両親だったけど、まさか置いていかれるなんて思わなかった」

「え……」

「会いたいってメッセージは、父親を通じて何度もきてたけど一度も会っていない。意地を張ってるみたいで情けないけど、会いたくないんだ」

なんて答えていいのかわからずに、ただうなずいた。

「手紙も何十通と届いてるが、一度も開封したことがない。だから、手紙のことは気にしないで。十年前になにを書かれようと、今の俺には関係ないから。じゃあ、お疲れ様」

背を向ける富田さんが、がらんとした駐車場を歩いていく。夜に溶けていく背中を見送る。

——それでいいの？

これで終わりだとしたら、明日からはこの話題を出せなくなる。ほかの手紙と同様に、富田さんの記憶から強制的に排除されてしまう。

「富田さん」

走りだすとすぐに姿が見えた。意外そうに口をぽかんと開けた富田さんが夜の闇のなか、立ちすくんでいる。

「あの……手紙を読んであげてください。そして、お母様に会ってあげてください」

口が勝手に動いている感覚だった。

「私なんかが言えることじゃないってわかっています。でも、きっと十年前から届いた手紙に意味があると思うんです」

「その話はやめようか」

拒否するように富田さんはそっぽを向いた。そばまで行くと、固く閉ざすように口をへの字に結び、眉間には深いシワが寄っている。

だけど、このまま終わらせちゃいけない気がした。

「あの手紙を捨てなかったってことは、きっと、富田さんもお母様のことを――」

「やめてくれ」

拒絶の言葉にハッと我に返った。

強い風が私の髪を乱しながら、心の温度を下げていく。

「君はなにも知らない」

低い声には怒りの感情が含まれていた。

「あの人は、好きな人ができて家を出ていった。父親と離婚して一年後には再婚したことも知ってる。今さら言い訳なんか聞きたくないし、どんな理由があれ、捨てられたという事実は変わらない。なにも知らないくせに簡単に言わないでくれ」

吐き捨てるように言い、富田さんは歩いていく。乱暴に車のドアを閉める音。エンジンの音。暗闇を裂くようにふたつのライトが遠ざかっていく。

富田さんを怒らせてしまった。なんであんなことを言ってしまったのだろう……。

同時に、あんな言い方をしなくても、という気持ちも生まれている。

月曜日からは、たぶん私は富田さんとの接触を避けるようになるだろう。性格が似ている富田さんも、私には仕事を頼まなくなる。

これまでもそうだった。社会人になり、少しは社交的になれた気がしていたけれど、結局私はなんにも変わって――。

ふいにスマホが震えた。まぶしいバックライトに『お兄ちゃん』の文字が浮かびあがっている。帰りが遅いことを心配しているのだろう。

重い気持ちのまま車に乗りこんだ。背もたれに体を預けると、なんだか泣きたくなった。

まだお兄ちゃんからの着信でスマホは震え続けている。

「もしもし」

スマホを耳に当て、目をギュッと閉じた。

これからしばらくの間は、富田さんのことばかり考えてしまうのだろう。

『明日香。まだ仕事?』

お兄ちゃんの声がいつもと違う。緊張感を含んだ声が硬い。

「今から帰るところで――」

『ばあちゃん、病院に運ばれたって』

「え⁉」

思わず空いてる方の手でハンドルを握りしめる。

「おばあちゃんが？　え、どういうこと？」

『部屋で倒れているところをスタッフが見つけて――もうダメらしい』

もうダメらしい。……ダメ？

『総合病院に運ばれたんだけど、息をしてないって。ばあちゃん、死んじまったんだって』

スマホを握りしめたまま、言われた言葉を頭で反芻《はんすう》する。

しんと静まり返る車内で、自分の呼吸する音だけが聞こえていた。


月曜日。葬儀の日は朝から雨が降っていた。

身内だけで執《と》り行われた葬儀なのに、古くからおばあちゃんを知る人たちがたくさん訪れてくれた。同じ老人ホームに住んでいる人も参列し、葬儀会場に入りきれないほどだった。

おばあちゃんは半年前に見たときよりずいぶん痩せていた。死に化粧をした肌は美しかったけれど、胸の前で組んだ手は細く、髪も真っ白になっていた。

火葬場で貧血を起こした私は、今、近親者用の控え室の畳の上で仰向《あおむ》けになり天井を見つめている。この数日の出来事がまるっきり夢だったならどんなにいいか。

窓の外には針のような雨が斜めに降っている。こんな天気でもまぶしく思えてしまうほど、気持ちが弱っている。慶弔《けいちょう》休暇の連絡は、土日だったのでスタッフ専用ダイヤルで連絡済み。水曜日までは休みがもらえるそうだ。

「ああ……」

ため息をついても、心のモヤが消えてくれない。当たり前か、おばあちゃんがこの世を去ったのだから。

幼稚園のころ、ふたりでおはぎを手作りした。私が作ったおはぎはいびつな形になってしまったけれど、『世界一美味《おい》しい』っておばあちゃんは言ってくれた。

小学校の卒業式ではハンカチがビショビショになるくらい泣いてくれた。

大切な記憶はどれも子どものころのものばかり……。

個室のドアが開く音に続き、喪服姿の兄が顔を出した。

「あと一時間くらいかかるってさ。水とかある?」

「ある」

「酒でも飲むか？」

　こんなときでも兄は変わらない。実の母親の死に呆然とする父に代わり、てきぱきと葬儀を仕切っていた。急遽《きゅうきょ》の弔問客《ちょうもんきゃく》にも穏やかに接している兄の傍《かたわ》らで、私はただ見ていることしかできなかった。

　昔からそうだった。渦中にいるときは自分を俯瞰《ふかん》で見るクセがついている。離れた場所に心を避難させれば、現実に起きていることはぜんぶ他人《ひと》ごと。傷つかずに済むにはそうするしかなかった。

「お母さんは？」

「すげえ泣いてる。嫁姑《よめしゅうとめ》問題がなかったとは言えないのに、やっぱりばあちゃんは愛されてたんだな」

　上半身を起こすと、さっきより雨音が近くに感じた。

「私、最低だね。ろくに会いに行ってなかったのに、真っ先に倒れちゃった」

「悲しみ方は人それぞれだし」

　靴を脱いで部屋に入ってきた兄が、「でもさ」と胸元からなにか取り出した。

「明日香がばあちゃんに愛されていたのは本当のことだから」

　渡された封筒に、家の住所が書いてある。八十二円の切手の下に押してあるスタンプを見て、ハッと顔をあげた。

「これって……」

「今朝ポストを見たら入ってたんだよ。バタバタしてて渡しそびれてた。十年前にばあちゃんが明日香に送った手紙」

裏面には『河東正子《まさこ》』と美しく力強い文字で記してあった。

「おばあちゃんが……」

「家族全員に手紙が届いてた。このタイミングで届くってのがすごくない？」

ニヒヒと笑う兄の目のあたりが、少し腫《は》れぼったい。兄もおばあちゃんが好きだったし、最近まで会いに行ってたから、その悲しみは計り知れない。

「ゆっくり読みながら休んどけ。あとで、奈良野《ならの》さんに挨拶《あいさつ》だけしてもらえると助かる」

「奈良野さんって？」

「老人ホームでばあちゃんの担当だったスタッフ。お骨上《こつあ》げまではいてくれるって」

兄がいなくなってからも、しばらくは雨を眺めていた。今、手紙を読んでしまったら泣いてしまいそうだったから。

おばあちゃんはどんな気持ちで家族への手紙を書いたのだろう。

大きく息を吐いて封筒を開いた。そこには、あの日のおばあちゃんがいた。

明日香ちゃんへ

今日、驚くことがありました。

学校に行ったはずの明日香ちゃんが、すぐに帰ってきたのです。

体調が悪いと言ってたけど、嘘だってわかりました。

学校に連絡を入れたとき、明日香ちゃんは気まずそうにそっぽを向いていました。

覚えていますか？

ふたりで変装してゲームセンターに行きましたね。

そのあとは映画を観ました。ポップコーンを食べたのは何十年ぶりかでした。

明日香ちゃんが観たがっていたアニメ映画は、目まぐるしくてチカチカしてて、おばあちゃんには理解できなかったけれど、観終わったあとの明日香ちゃんは上機嫌でした。

明日からはちゃんと学校に行ってくれるといいな。

そんなことを願いながらこの手紙を書いています。

明日香ちゃんは宗太と違い、繊細な子。

ひとりでいることの楽しさを知っていて、家から一歩外に出てしまうと固く心を閉ざしていました。

幼稚園に送るときは、毎回ヒヤヒヤしたものです。


十年後の明日香ちゃんはどんな女性になっているのでしょう。

少しでも周りの世界に目を向けていられたらいいなと思います。

世界が広がれば、きっと傷ついたり悲しむことも多いはず。

けれど、それ以上の数のよろこびやうれしさもあります。


十年後、この手紙を読んだ明日香ちゃんのそばにおばあちゃんはまだいるのでしょうか。

明日香ちゃんにおばあちゃんから宿題を出したいと思い、この手紙を書いています。


いろんな人と恐れずに関わってください。

そうすることで、明日香ちゃんの世界はもっと広がるはずです。

どうか恐れないで、明日香ちゃんの人生を謳歌してください。

おばあちゃんより

火曜日になり、やっと天気が回復した。

明日まで会社は休み。ソファに座りワイドショー番組を見ていると、ずる休みした気分になってしまう。

おばあちゃんからの手紙はもう何十回と見直し、そのたびに落ちこんでいる。

社会人になり、少しは自分の世界を広げることができたと思っていた。でも、いろんな人と関わることは叶ってないし、人生を謳歌《おうか》してるとはとても言えない。おばあちゃんが願った十年後の私からは程遠い日々を送っている。

それでも愛を感じる手紙だった。こんなに心配してくれていたのに、仕事を理由にちっとも会いに行かなかった。

もっと会いに行けばよかった。もっと話をしに行けばよかった。

今さら悔やんでも遅すぎるよ……。

ふいに富田さんの顔が頭に浮かんだ。

私だっておばあちゃんに会いに行けてないくせに、なんであんなことを言ったのだろう。同じことを言われたら、私だって嫌な気持ちになったはず。

人生は後悔ばかり。人との関係を広げていくたびに、こんなふうに後悔がおまけ――うん、罰ゲームのようについてくる。

外部の研修に行きたい気持ちもなくなり、木曜日から仕事に行く気力だってない。

スマホを開くと、富田さんからのLINEメッセージがきていた。部署内のグループLINEはあるものの、個別でのメッセージをもらったのは初めてのこと。

【ご逝去《せいきょ》の報に接し、謹《つつし》んでお悔やみ申しあげます。水曜日まではお休みいただき、以降の出勤も、有給休暇にて対応が可能ですのでご相談ください。】

丁寧《ていねい》なメッセージにさえ胸が痛くなる。きっと前回のことをまだ怒っている。だからこんな事務的な内容なんだ。

私がずっとひとりでいたことは必然だったのかもしれない。人との距離感を測れないから、誰かを怒らせたり嫌な気持ちにさせてしまう。

自分から孤独を愛したつもりだったけれど、本当は……。

【突然のことでご迷惑をおかけしまして大変申し訳ございません。おかげさまで通夜と葬儀を滞《とどこお》りなく終えることができました。なお、会社は木曜日より出勤する予定です。】

送信ボタンを押して五秒後、

【大変でしたね。今日はどのようなご予定ですか？】

そう返信があった。ひょっとしたら会社でなにかトラブルでもあったのだろうか。

【なにかありましたか？　今日でしたら出社することは可能です】

【午後、お時間ありましたら塩《しお》の道《みち》公園で会うことはできますか？】

続いて表示されたメッセージに固まる。

塩の道公園は、家から十分くらいにある公園。昔はよく遊びに行ったけれど、最近は通勤時に素通りするだけだった。

【忌引《きび》き中ですのでご無理なようでしたら後日で構いません】

続いて表示される文章。既読スルーは避けたいので慌《あわ》てて返信を打ちこむ。

【何時ごろでしょうか？】

【二時ではどうですか？】

【承知いたしました】


打ち合わせの時間を調整するかのようなやり取りを終えると、急に緊張してきた。

仕事のことだろうか。いや、この間のことかもしれない。

おそらく他工場へ出向した帰りなのだろう。一度も外で会ったことなんてない。けれど、この重い気持ちのまま木曜日を待つよりはよっぽどいい。

富田さんに謝らないと。嫌われたなら仕方ないし、前の距離感に戻ればいいだけ。

孤独になる準備はいつもできているから。


塩の道公園は、上杉謙信《うえすぎけんしん》が武田信玄《たけだしんげん》に塩を送ったという伝説の残る、箱根《はこね》から信州糸魚川《いといがわ》までの「塩の道」をテーマに作られたもの。散策路には、古街道名がつけられ、街道沿いの地区を代表する樹木が植えられている。

服装は悩んだ末、黒色のワンピースを選んだ。

公園内には池や日本アルプスをイメージした丘、小さな展望台が整備されていて、平日の午後は暑さのせいか人の姿はなかった。

三角屋根の展望台にスーツ姿で立つ男性が見えたので近づく。

階段をのぼると富田さんは、最後に会ったときより疲れた顔をしていた。

「突然悪い。このたびは突然のことで……」

「いえ。ご心配をおかけしました」

頭を下げるのと同時に、

『やめてくれ』『君はなんにも知らない』

前回言われた言葉がリフレインされる。

なにか言おうと口を開く富田さんに、「あの」と先に言葉を発した。

「先日は失礼なことを言ってしまいました。申し訳ありません」

「いや、別に……」

「事情も知らずに勝手なことを言ってしまったこと、本当に反省しています」

「そんなことより大変だったな。まだ落ち着かないなか呼び出してしまって申し訳ない」

お互いに謝っていると、隣にある幼稚園からにぎやかな笑い声が波のように押し寄せてきた。軽やかなピアノの音も聞こえる。

「おばあさんは残念だったね」

「いえ……」

口ごもりそうになる自分を奮《ふる》い立たせる。ちゃんと、先日の無礼を謝らないと。

「私……おばあちゃんにちっとも会いに行けてなかったんです。家族に誘われても理由をつけて避けていました。それなのに、富田さんに『会いに行ってあげてください』なんて、軽率なことを言ってしまいました」

こみあげてくる涙と戦う気力もなく、あっけなく板張りの床に雫《しずく》が落ちた。

「自分だって会いに行ってなかったのに。亡くなってから気づいても遅いのに……」

泣くなんて最低だと自分でも思う。相手は困るだろうし、表面上は許すしかなくなる。

「大丈夫」

丸い声がふわりと耳に届いた。

鼻をすすりながら顔をあげると、富田さんはやさしい笑みを浮かべていた。

「誰も君を責めたりしない」

「でも……」

「他者がどんなことを考えているのかは想像するしかない。特にもう二度と会えない人の場合、どういう気持ちで去っていったのかについては主観で判断するしかない。きっと、おばあさんは君を恨んだりなんかしていない」

言っていることは理解できる。でもきっとおばあちゃんはさみしかったはず。

「俺のほうこそ、感情的になって悪かった。ずっとあの日言ってしまった言葉が気になってた。ちゃんと謝りたかったのに、先に謝らせるなんて、やっぱり俺はダメだな」

自嘲するように口の端《は》をあげた富田さん。前髪が伸びすぎているせいで、前よりもさらに年上に見える。

「お仕事、大丈夫ですか？」

「事務長が他部署への異動を申請したらしく、八月からは正式な事務長になる。ちなみにこれは『社命』だそうだ」

周りの木々が揺れ、富田さんの感情を表しているように思えた。

「手伝います。これまで以上に手伝いますから」

「ありがとう。もともと受けるつもりだったんだ。河東さんにいろいろ教えてもらったおかげで自信とまではいかないが、頑張ろうって思えたから」

久しぶりに『君』ではなく、苗字を呼んでくれた気がした。

生ぬるい風も、日差しの強さも気にならないほど、胸が熱くなっている。

「実はおばあちゃんから手紙が届いたんです。富田さんと同じ、十年前からの手紙です。読んでみてガッカリしました」

「どうして？」

「手紙には、おばあちゃんがなってほしい『私』について書かれていました。そのどれもが現状とあまりに違って落ちこんでいます」

「そうか」と、手すりに手を置き、富田さんはあたりを見渡した。

「この展望台、そんなに高い場所に建ってないから、見える景色も少ないよね」

たしかに公園内とその向こうに広がる住宅地が見えるくらいだ。

「そうですね」

「でもそれでいいんだよ。自分の視点から見える景色を愛していれば、本当の自分に一歩近づけるはず。って、意味わからないか」

「すみません。よくわかりません」

そう言うと富田さんはおかしそうに笑った。

「励まそうとしたけど失敗したらしい」

彼はやさしい人。私たちみたいに人との関わりが苦手な人は、小さなコミュニティを必死で守りながら外部の音に息を潜《ひそ》め、新しいことに対して臆病になる。

でも、富田さんの言うように今の自分を愛することができれば、なにかが変わる気がした。

「少しだけ励まされました」

こんな風に話せる日がくるなんて思っていなかった。誰かを知ろうとすることは、決して怖いだけじゃないんだ。

「じゃあ……」と一旦言葉を区切った。

「今度は私が富田さんを励まします。うまくできるかわかりませんが……」

目じりを下げ、富田さんはうれしそうにうなずいた。もっと……もっと富田さんのことを知りたいと心から思った。

「『メラビアンの法則』ってご存じですか？」

「人は見た目が九割ってやつ？　第一印象は会って三秒で決まるっていう――」

「そう思われがちですが、実は誤解なんです。言語情報7％、聴覚情報38％、そして視覚情報が55％というのは、コミュニケーションをする際にどの情報を重視するかということなんです」

これは昔おばあちゃんが教えてくれたことだ。当時は難しすぎてわからなかったけれど、今ならストンと胸に落ちる。

「もちろん見た目は大事ですが、誰かとコミュニケーションを取る際に、笑いながらやさしく注意するとします。その場合、笑うという視覚情報とやさしい口調という聴覚情報が優先され、相手にもやわらかくその注意が響きます」

「ああ、言いたいことはわかる。俺は無表情だからな」

「今は違います。富田さんのお手伝いをするようになって、少しずつですが富田さんがやさしい人だとわかりました。だからもっと手伝わせてほしいって思うんです」

ふんと鼻から息を吐き、富田さんは腕を組んだ。

「これからは、その法則を頭に置いて接するよ。もちろんほかのスタッフにも」

「自分を愛しながら、ですね」

今日、富田さんに会えてよかった。

くじけそうになっていたなんて嘘のように、目の前がパッと明るくなった気がする。おばあちゃんの望む私になるには小さな一歩の積み重ねが大切だ。

もう迷わない。見える景色を愛しながら、未来予想図を描き続けよう。

「俺は――」富田さんが手すりにもたれ、私をまっすぐに見つめた。

「まだ母親のことは許せない。でも、メラビアンの法則で言うなら、手紙はたった7％の言語情報ということになる。恐れずに読んでみるよ」

「私みたいに落ちこんじゃうかもしれませんよ」

「そのときは――いや、なんでもない」

そう言うと、富田さんは「戻らなきゃ」と階段を降りていった。

「書類の仕分け、ずいぶん溜まってるから木曜日よろしく」

「わかりました」

急ぎ足で去っていく富田さんを見送った。

胸の鼓動を解放すれば、彼を意識しはじめている自分がたしかに存在していた。


創業祭は、この街にこんなにたくさんの人がいたのかと驚くほどの人でにぎわっている。夕方になり、さらに人の数が増えたみたいで駐車場も満車とのこと。

工場見学も次でラスト。様子を見に行くと、誰よりも生き生きした笑顔で玲奈が案内していた。

屋台で売っている焼きそばのソースの香りをかぎながら、救護班のテントへ戻ると、川上さんがグッタリとテーブルに顔をつけていた。まるで救護された人みたいに見える。

「川上さんお疲れ様です。最後の休憩に入ってください」

「おお、やっと休める。息子がその辺にいるから呼んでくるよ」

意気揚々《ようよう》と立ちあがった川上さんに「いえ」と声をかけた。

「ご紹介は結構です」

「え、なんで？」

心外そうに川上さんは眉のシワを深くした。

「今は仕事をがんばりたいんです。これからもっと大変になりますから」

川上さんの隣でうちわをあおいでいた牛渕さんが「あら」と目を光らせた。

「富田さんが事務長になったからでしょう？　やっぱり明日香ちゃんって——」

「違います。なんでも恋愛に絡《から》めるの、牛渕さんの悪いクセですよー」

軽くあしらいながらも笑顔は忘れない。メラビアンの法則どおりなら、やさしい印象で伝わったはず。

「おばあちゃんからの手紙で教えてもらったんです。私はまだまだ社会人として未熟……というか子どものころからちっとも変わっていません。仕事を通じてたくさんの人と関われたらって思っています」

「それってもしかして『幸せを届ける黄色いポスト』の手紙？　明日香ちゃんのおばあちゃんの教えを守ってがんばるってことか。それもいいわね」

そう言うと、牛渕さんは熱中症で倒れたお客さんの様子を見に行った。川上さんはとっくにいない。

時刻は午後六時。今いる人たちは最後の花火を見ようと思っているのだろう。

パイプ椅子に腰をおろし、行き交う人を眺める。

たくさんの人たち、それぞれに人生がある。よろこびや悲しみ、愛や恋を重ねながらみんな毎日を生きている。私はまだ頼りないけれど、おばあちゃんが望む人になりたい。

「でもな……」

消化できていない自分もいる。おばあちゃんの描いた未来予想図のなかの私は、社交的で多くの人と関わっている。

そうなりたいと思う自分と、少しずつ世界を知っていければと思う自分が混在している。

ふと、ひとりの女性がまっすぐに歩いてくるのが見えた。五十代くらいでボブカットの小柄な姿には見覚えがある。老人ホームでおばあちゃんを担当していた奈良野さんだ。

火葬場で会ったときは具合が悪かったこともあり、挨拶くらいしかしていない。

「お久しぶりです。覚えていますか？　奈良野です」

丁寧に頭を下げる奈良野さん。慌てて立ちあがり、「はい」と頭を下げる。

「その節《せつ》は大変お世話になりました。初七日法要にも来てくださったそうで」

「いえいえ。河東さんの担当をさせていただいておりましたから。それにしてもすごい人の数。このあと花火があるそうですね」

「七時からです。帰りの渋滞が発生するので、駐車場の車のなかで見るのがおすすめです」

「たしかに混みそうですね。じゃあ、そうします」

にこやかに笑う奈良野さん。

介護業務に就《つ》く人はやさしい人が多いのだろう。私よりもたくさんの人と接しながら、利用している人の老《お》いを見守る。すごい仕事だな、と純粋に思った。

「落ち着かれましたか?」

「はい。と言っても、もともとあまり顔を出せていなかったので……」

「宿題は進みましたか?」

いたずらっぽく笑う奈良野さんに「え」と目と口を丸くしてしまった。

「河東さんがよく言ってたんです。『十年前に明日香ちゃんに宿題を出したのよ』って」

「ああ、そうですか。実は……ぜんぜんできてないんです。自分なりにがんばった時期もあったんですが、結局はダメで」

玲奈の合コンは断り続けているし、川上さんの息子さんにも会わない。資格を取ろうと資料を取り寄せたものの、一読しただけで部屋の隅に押しやってしまっている。

「それでいいんですよ」

そう言って奈良野さんはバッグからなにかを取り出した。

「河東さん、十年前に書いた手紙のことを最近思い出したそうです。で、突然『手紙を書く』ってきかなくって——これは、新しい河東さんからの宿題です」

差し出された封筒を受け取ると、少しゆがんだ文字で『河東明日香様』と記してあった。

「河東さんから七月になったら渡すように言われていたんです」

慌てて手紙を開く間に、奈良野さんは頭を下げて行ってしまった。

一生懸命書いたのだろう、便箋の枠線を無視した文字が並んでいる。

胸に温度が灯《とも》る。心を覆《おお》っていた膜がはがれていくような、そんな感覚。

スマホが震えた。富田さんからのメッセージだ。

【花火の手伝いに来てもらえる?】

返信する前に次のメッセージが表示された。

【ロープを越えて場所取りしてる人がいて困ってる】

【すぐに行きます】

戻ってきた牛渕さんに移動することを伝え、急いで工場の北西へ向かう。ため池のそばが花火の打ちあげ場所になっているが、たしかにそのそばまで人が押し寄せている。

夕焼けがスタッフをオレンジ色に染め、富田さんがどこにいるのかわからない。

ロープを張ろうとしている従業員に「すみません」と声をかけた。

「第二事務部の河東です。お手伝いに参りました」

「あー助かる。ロープ張るのを手伝ってもらえますか?」

若い男性従業員は汗だくだ。ロープの端を持ち、反対側へと引っ張ると、見物客は文句を言いながらも後退してくれた。

花火職人と営業部の人が難しい顔で話し合いをしている。その向こうでスマホを耳に当てているのは——富田さんだ。私を見つけると小走りで駆けてくる。

「悪い。ロープ張ってもらえて助かった。今年は過去最高の人出だそうだ。あ、第一事務の従業員もいるから紹介しようか？」

歩きだそうとする富田さんに、

「いえ、結構です」

と声をかけた。

「ほかにも総務のヤツもいるけど」

「大丈夫です。今日は仕事に専念します」

意外そうに首をかしげる富田さんを見て気づいた。

「髪、切ったんですね」

伸びていた髪は短くなり、夕日が当たる横顔がかっこよく見えた。見たことのないスーツは、きっと新しく購入したのだろう。

「メラビアンの法則を学んだばかりだし」

照れたようにそっぽを向く富田さん。仕事に専念すると言ったばかりなのに、もう胸が熱くて息が苦しい。

「ちょっと待ってて」

そう言い残し、富田さんはさっきロープを張っていた人のもとへ小走りで駆けていった。

同時に私のスマホが鳴り、画面に玲奈の名前が表示される。

『もしもし。どこにいるの？』

「今、花火大会の整理に来てる。そっちは工場見学終わった？」

『終わったけど、受付業務に向いていないってわかった。愛想笑いでアゴが固まってる』

それでもうれしそうな声が耳に届く。

「そっかよかったね。これからどうするの？」

『少し前に富田さんから電話があって、七時になったらみんなで花火を見ないかってさ。川上さんたちにも会ったから伝えたとこ。てことで帰るね』

「待って。玲奈は行かないの？」

『行かないに決まってるでしょ。うちの花火大会はしょぼいからね。ほかの人も帰るってさ。あとはがんばってね』

ウインクしている玲奈が容易に想像できた。

通話を終えると富田さんが戻ってきた。

「こっちの手伝いも、もういいそうだ。ほかのスタッフには連絡したんだけど……」

「花火ですか？」

「そう。特等席があるんだけど行ってみる？　ちなみにほかのスタッフからは断られた」

自嘲気味に笑っているけれど、玲奈たちがきっと気を回してくれたんだ。

「行きます」

告白をする距離感でないことはわかっている。でも、ちょっとした冒険をする勇気を私はもう持っている。

「いいね」と笑ったあと、富田さんはいたずらっぽい顔になった。

「ちなみに山登りってできる？」


花火会場の裏にある小高い山は、うちの会社の敷地の一部だ。いずれ工場の規模がもっと大きくなれば駐車場にする予定だそうだ。

山登りと言ったのは大げさで、五分も坂道をのぼれば開けた場所に出た。

斜め下に花火会場が見え、間もなくはじまる花火に多くの人が集まっている。

「特等席ですね」

「みんなも来ればよかったのにな。ここから見る花火は最高なんだ」

地面に腰をおろす富田さん。少し間を空けて横に座る。

あまりにも広い空は、遠くにオレンジの光をわずかに抱えているだけで、上空は藍《あい》色に変わっている。

ポン。弾《はじ》ける音がすぐそばで聞こえ、白い煙が宙に生まれた。遅れて聞こえる歓声とまばらな拍手。花火大会がはじまる合図だ。

マイクごしに社長が話す声は、風のせいでよく聞き取れない。

道路を走る車のライトはまるで流れ星のよう。秒ごとに夜になっていく景色の向こうには、本物の星がいくつか光っている。

「母親からの手紙を読んでみたんだ」

隣に座る富田さんがどんな表情をしているのかわからない。

「河東さんに言われたからじゃなくて、自分で読むと決めた。いや、河東さんと話したことがきっかけだから間違いではないか」

最初の花火があたりを黄色に染めた。くすぐったそうな横顔が一瞬だけフラッシュライトのように映し出され、すぐに影絵に戻った。

続いて赤色の花火が少し先で弾けた。いくつもの残響音がこだまする。

「十年前の手紙も、それ以降届いた手紙にも同じことが書いてあった。勝手に家を出て申し訳ないという謝罪と、好きな人ができたことについての謝罪、育てられなかったことへの謝罪。一生分の謝罪の言葉を見た気がする」

穏やかな口調でよかった。

「電話をして、今度会う約束をしたよ」

「すごい」

思わずそう言う私に、富田さんは「いやあ」と笑う。

「たぶんキレイな再会にはならないと思う。言ってやりたいことが山ほどあるし、許せない気持ちのほうが強いし。それでも、一度は会おうと思えた。河東さんのおかげだよ」

胸の鼓動を花火の音と光が消してくれる。

鮮やかに夜空を彩る花火をふたりで見る日がくるなんて思わなかった。

「私も、おばあちゃんから最新の手紙が届いたんです」

「どういうこと？」

「老人ホームでおばあちゃんの担当だったスタッフの方が届けてくれたんです。それを読んだら、胸のつかえがスッと取れた気がします」

この暗闇では文字を読めないだろうから、封筒だけを見せた。

「そうか。よかったね」

「はい」

富田さんの笑顔を花火の光が照らしている。

「正直、十年前から届いた手紙なんて、迷惑でしかなかった。でも、それによって気持ちが変わることもあるんだな」

自分に言い聞かせるように富田さんはつぶやいた。

「そう思います。いつか会える日がくるまで、私はおばあちゃんから出された新しい宿題をがんばります」

「新しい宿題って？」

「それは秘密です」

ひときわ大きな花火が夜空を染めた。たくさんの色の光は一瞬で消える。

「これからも仕事を支えてくれるとうれしい。仕事だけじゃなく――」

クライマックスの連発花火が夜空をにぎわせ、富田さんは言葉を止めた。

続きを聞きたい気はするけれど、今はこれでいいと思った。

花火と違い、一瞬のようで長い人生で、私は私らしく咲けるようにがんばろう。

そのときに隣に富田さんがいればいいな。

夜空には追いやられた星がかすかに光っている。

明日もきっといい天気になるだろう。

河東明日香様

今から十年前、おばあちゃんはあなたに手紙を書きました。
宿題として、人と関わることや世界を広げることを書いた記憶があります。
老人ホームに入ったことに後悔はありませんが、今ならわかります。
おばあちゃんは老いていく自分を見せたくなかった。
元気な姿を家族に覚えていてほしかった。
明日香ちゃんにあんな宿題を出しておいて、自分勝手ですね。
十年が過ぎ、もうすぐあなたのもとへあの日の手紙が届くでしょう。
あれから、ずっと手紙に書いたことが心に残っていました。

前回の宿題は撤回します。
明日香ちゃんは自分が思うよりもずっとずっとステキな人。
けれど、自分に自信を持つというのは難しいことです。
自分を好きになるのはもっと難しいことでしょう。

だからこそ周りにいる人を大切にしてほしい。
そうすれば同じようにあなたのことを大切に思ってくれる仲間が現れるはず。
仲間により自分自身を知り、愛してあげてほしい。
今のままの明日香ちゃんで大丈夫。

明日香ちゃんらしく毎日を過ごしてください。

これがおばあちゃんからの最後の宿題です。

おばあちゃんより

3　長谷川家復活作戦

長谷川《はせがわ》寛彦《ひろひこ》（四十五歳）

薄暗いオフィスにいると、普段は聞こえない音がやけに耳につく。クーラーや空気清浄機の音、廊下の足音、壁越しに聞こえる車の音。ひとつひとつは小さな音なのに、まるで洪水のように押し寄せてくる。

壁の時計は夜の九時になろうかというところ。

帰ろうと思えばすぐにでも帰れるが、細かい仕事はいくらでも残っている。来週の会議で使う資料なんて適当でいいし、誰も真剣に見ないこともわかっているが、きっちり作りたい性格は入社時から変わっていない。

「長谷川さん」

隣のデスクの猿渡健《さるわたりけん》が声をかけてきたので、モニターから目を離した。俺のひと回り以上年下の二十九歳。反して俺より身長は高く、足は長いのに顔が小さい。

「僕のやるところ終わったんで帰っていいすか？」

「ああ」

「早く帰って嫁と交代してやりたいんですよ。娘の夜泣きがひどくって」

聞いてもいないのに説明しながらさっさと荷物をまとめる猿渡。三年前に結婚して去年子どもが生まれた。よほどかわいいのだろう、暇《ひま》さえあればその子ども――たしか、さくらという名前だった――の話をしてくる。

「仕事のあとに子どもの面倒を見るなんて大変だな」

労《ねぎら》いの言葉をかけたつもりだったのに、猿渡は「ええっ」と目を丸くした。

「面倒という言い方はふさわしくないっすよ。泣き顔もめっちゃかわいいんです」

「なるほどねぇ」

キーボードを叩きながら、声をかけたことを後悔する。

「それにうちは共稼《ともかせ》ぎなので、家事も分担制なんです」

猿渡の目の下のクマが疲れを主張している。

そういえば俺も、娘の莉緒《りお》が生まれたときはいろいろと手伝わされたな。ああ、思い出した。『手伝う』じゃないよな、自分の子どもなんだから。昔はよくそれで妻に叱《しか》られたっけ。

あのころが、いちばん家庭がチームとして機能していた気がする。俺ひとりがチームから外されたような疎外感《そがいかん》を覚えたのはいつからだろう。

「分担制はいいが、もうすぐ昇進テストだろ？　睡眠もちゃんととっておけよ」

元気づけたかったのに、うまく言葉を選ぶことができなかった。

「はい……がんばります。お疲れ様でした」

案の定、猿渡は力なく頭を下げて出ていった。

入れ替わりに、和田基樹《わだもとき》が戻ってきた。生き残っている唯一《ゆいいつ》の同期である和田は、部長になった俺と違っていまだ役職についていない。『家庭を大事にしたい』という宣言どおり、週末などは家族で外食したり遊びに出かけているそうだ。

時の流れは残酷だ。入社当時はイケメンとして名を馳《は》せた和田にその面影《おもかげ》はなく、後頭部は枯れ気味、ビール好きのせいで腹も出ているが、常に上機嫌なのは変わらない。

「長谷川部長、まだ終わらないのですか？」

「その呼び方はよせ、って千回は言ってるぞ。和田こそこんな時間までいるなんて珍しい」

「嫁の実家に家族が泊まりに行っててさ。俺が残業できる唯一の日だからな」

さっきまで猿渡が座っていた椅子に和田が腰かけると、ギイと悲鳴のような音が鳴った。

「残業をしないのはお前の選択だろ。こっちはいくらやっても終わりが見えないのに」

「自分で終わりを決めればいいだけだろ。そんなんじゃ痩《や》せちまうぞ」

「そういう和田はメタボ街道まっしぐらだな」

緑色の作業着がはち切れそうだ。

大学卒業後に入社した『興開発《おきかいはつ》』は建築業がメインの会社で、道路や橋、宅地造成工事などで業績をあげている。俺は不動産部に在籍し、土地の売買やアパート経営、最近ではコンテナの貸し出し事業などにも関わっている。

「もう四十五だもんな。そりゃあ見た目は変わるさ」

狭いオフィスの壁をぼんやり見つめる和田。節約のために半分落とされた照明の下でもにこやかな笑みは昔のままだ。

入社時はみんなが同じスタートラインに立ち、出世レースに名乗りをあげていた。けれど、それぞれに大切なことができ、気づけば必死で走っているのは俺ひとりになっていた。

出世するごとに、むなしさが大きくなっているのはなぜだろう。

「娘さん、いくつになったんだっけ？」

気を取り直して尋《たず》ねると、和田は不機嫌そうに両腕を組んだ。

「二十二。あいつ、土曜日に彼氏を連れてくるそうだ。結婚を考えてるんだとよ」

「もうそんなになるのか。うちのは十六……いや十七歳になった」

「高校二年生か。うちみたいに悪い虫がつかないようにしろよ」

和田の娘さんは市役所勤務の男性と数年つき合っていると聞く。

「前は『いいヤツ』だって言ってただろ」

「結婚となると話は別だ。まだ早すぎる」

和田だって入社してすぐに結婚したから変わらないだろうに。

「よいしょ」と言って立ちあがった和田が、自分のデスクへ行き、帰り支度《じたく》をはじめた。

「しかし長谷川が部長になったなんてすごいよ。こう見えても尊敬してんだぜ？」

「やめてくれ。仕事ができてる人間なら、こんなに残業ばっかりしない」

ガハハと笑い、和田は帰っていった。データを上書き保存して俺も荷物をまとめる。

オフィスの電気を消し、駐車場へ向かう足が重い。

家に帰りたくない。この気持ちは日に日に強くなっているようだ。


妻の美香《みか》と知り合ったのは二十六歳のときだった。当時の社長から紹介され、つき合っているうちに妊娠が発覚し籍を入れた。莉緒が生まれてからはより仕事に精を出し、今日までやってきた。

ローンで買った建て売り物件は庭つきの二階建て。

駐車場に車を停め、急いでエンジンを切る。

隣の老夫婦は物音に敏感で、長くエンジンをかけていると翌日妻にやんわりと小言を言ってくるそうだ。

リビングのドアの向こうから、テレビのにぎやかな音が聞こえてくる。

「ああ。お帰りなさい」

俺を認めた妻が一瞬こちらを見て、またテレビに視線を戻す。

「ただいま」

形だけの挨拶《あいさつ》をしてから洗面所で着替える。最初は仕事のユニフォームだけだったが、今では俺が着た物はすべて家族の衣類とは別洗い、というルールが敷かれているため、洗濯機の横に置かれているカゴにまとめて入れておく。

妻はソファに半分寝転がった状態でテレビを見ながらスマホを操作している。ラップにかけられた食事をチンして食べ、風呂に入って寝る。それがこの家で俺のすべきこと。

冷蔵庫からビールを取り出し、半分ほど一気にあおってからおかずを食べる。今日は生姜《しょうが》焼きの横にキャベツが添えられている。温まったキャベツはしんなりしていてうまくはない。

今ごろ猿渡はかいがいしく子どもをあやしているのだろうか。夜泣きの対応に追われ、明日もきっと寝不足で出社するのだろう。

莉緒が赤ちゃんのとき、俺は建築部にいた。泥だらけになって必死に働き、家族のために金を稼ぐ。不動産部に課長として異動して数年後に今の役職になった。仕事はうまくいってるのに、家に一歩入ると居候《いそうろう》のような気分になってしまう。

毎日のように不平不満を並べていた妻も、いつしかなにも言ってこなくなった。

二階から階段をドタドタと降りてくる音が聞こえた。ドアを開けた莉緒は七月というのにダボダボのスウェットの上下を着ていて、俺に気づくと「げ」とひと言発した。

妻に似て小柄で線が細い。髪の手入れに命を懸《か》けていて、朝は洗面所の主《ぬし》となる。

莉緒は冷蔵庫から麦茶のペットボトルを取り出し、そそくさと出ていってしまった。

いつからだろう。家族の形がいびつに歪《ゆが》んでいるのは。

テレビで笑うタレントの声がやけにうるさくて、俺は耳を塞《ふさ》ぎたくなる。


菊川《きくがわ》市役所のそばにある『やませ食堂』に到着すると、すでに猿渡が座敷に座っていて、俺を見つけて軽く手をあげた。

「悪い。長引いた」

「いつもの頼んじゃいましたけど、よかったすか?」

「ああ」

クーラーの風が気持ちいい。七月に入ったとたん、猛暑が続いている。

ほどなくしてカツ丼が運ばれてきた。普通のカツ丼に比べて色が濃く、ラードで揚げた厚切りのカツが器《うつわ》いっぱいに入っている。

「やっぱりやませ食堂といえばカツ丼ですよね」

いただきます、と手を合わせた猿渡が、すごい勢いで食べはじめた。

何度も食べているのに、そのたびに甘い味つけに驚いてしまう。まるですき焼きのタレのように濃厚な汁が、米を茶色に染めている。

熱さに目を白黒させているうちに、猿渡はあっという間に完食してしまった。

「もう食べ終わったのか」

「子どもが生まれてからやたら早食いになりました。リレーみたいにバトンタッチでご飯を食べ、もう一人がさくらをあやすんです。長谷川さんもそうだったんじゃないですか？」

「俺はそういうのはやってない」

「ご飯食べさせたりお風呂入れたりとかやってないんですか？」

本気で驚いているのだろう、いつにも増して声がでかい。

「時代が違うんだよ」

何回かしたことはあるが、妻には気まぐれと思われただろう。

「そんなことより午後の予定は？」

「今日は外回りが三件っすね。それよりこれ見てくださいよ、かわいくないですか？」

スマホの画面に子どもが映っている。微妙に笑っているように見えるが、前に見せてもらった写真と大差ない。

「ああ、かわいいな」

素直にうなずくと、猿渡は「ですよね」とスマホにほほ笑みかけた。

「さくらが生まれてから、毎日が楽しくて仕方ないんです。この街ならさくらもスクスクと育ってくれるはずですし」

『こども・わかもの参画宣言』をするだけあって、この街は若者の育成に力を入れている。そういえば、莉緒の通っている小笠《おがさ》第二高等学校にも『まちづくり部』があるそうだ。なにをやっているのかは知らないが。

「いい子に育つと思うよ。ところで、内田《うちだ》様への謝罪は済ませたんだろうな？」

広大な土地を所有している内田さんは上顧客《じょうこきゃく》のひとり。猿渡の対応の遅さに苦言を呈されたのが昨日のこと。今日謝罪に伺《うかが》うことになっていたはず。

「任せてください。ちゃんと対応しましたから」

猿渡はスマホをいじくりだした。猿渡の世代はスマホが必需品だ。商談中であってもスマホでメモを取るせいでうつむいてばかり。たしかに効率的だとは思うが、もっと顔をつき合わせた関係を築いてほしいと思うのは、俺が歳を取ったせいなのだろうか。

なにか言ってやろうと口を開き、すぐに閉じた。猿渡には猿渡の考えがあるだろうし、内田さんの件に関しても前担当である俺が出しゃばることはないだろう。

「そう言えば、あれ知ってます？　十年前から手紙が届くっていう企画」

「なんだそれ」

「知らないんすか？　長谷川さんて市長と同姓同名なのに、そういうこと疎《うと》いですよね」

俺の名刺を見た人は、もれなく長谷川寛彦《ひろひこ》の文字を見て驚く。相手が現市長の話をしだす前に、血縁関係がないことを告げなければならない。

一介のサラリーマンと同姓同名なんて、向こうだって迷惑だろう。

「菊川市の取り組みで『幸せを届ける黄色いポスト』ってのを十年前にやったんです。十年後の誰かに手紙を出すというもので、その十年後ってのが今年なんです。今月から順番に配達されているそうです」

「そうか」

どうでもいい。過去からの手紙をもらったところでなにも変わらない。大事なのは今この瞬間、そして先に続く未来のほうだ。

会計を済ませて店を出ると、猿渡はあくびをしながら社用車に乗りこんだ。ひとつ隣に停めた社用車のドアを開けかけたとき、「長谷川さん」と猿渡が窓を開けた。

「明日って有休取るんでしたっけ？」

「消化義務があるんだと。命令で仕方なく取るだけだから、なにかあったら連絡してくれ」

「するわけないじゃないですか。たまにはゆっくり過ごしてください」

猿渡の車が走り去れば、ひとりになれたことにホッとする。

仕事が嫌いなわけじゃない。家族が嫌いなわけじゃない。ただ、むなしいだけ。

そんな気分がずっと続いている。


せっかくの休みというのに早くに目が覚めてしまった。

二度寝を試みたがうまくいかず、キッチンに顔を出すと妻は忙《せわ》しく動き回っていた。やることもないので散歩に出かけたものの、コンビニを覗《のぞ》いただけで帰ってきた。

早々《はやばや》と部屋に引きあげ、溜まっていた本を読んだりしているうちに寝てしまったらしい。

防災無線用のスピーカーから電子メロディが聞こえる。もう昼か。

妻はパートに出かけたらしく、家のなかががらんとしている。冷蔵庫を開けると、妻がチャーハンを作っておいてくれたのでチンして食べる。

誰もいない家にいるのはいつぶりのことだろう。テレビをつけたが、くだらない番組しか流れておらず、早々《そうそう》に切った。

遠くで今年最初のセミの声が聞こえる。小さな子どもの泣き声と、バイクの音。

普段耳にすることのない音に耳を傾けながら、少し先の老後に思いを馳せる。定年したら俺はどうするのだろう。

昔は『定年したらやりたいことリスト』を作ったりもしたけれど、最近はその希望も薄れている。勤務延長するか、アルバイト先を見つけて働き続ける自分の姿が容易に浮かぶ。

別に働きたいわけじゃないが、この家にいる自分が想像できない。

郵便ポストがガシャンと閉じられる音がした。バイクのエンジン音が遠ざかる。

やることもないので玄関のドアを開け、ポストのなかを見に行った。宅配ピザのチラシと一緒に入っていたのは、ピンクの封筒だった。宛先に『長谷川寛彦様』と下手《へた》くそな字で書いてある。裏返して差出人を確認すると、『長谷川莉緒』の文字が。

「え……?」

なんだこれ。莉緒はこんなに字が汚いのか? 思い出そうとしても、最近莉緒がどんな字を書くのか思い浮かばない。それもそうか、高校のテストだって見たことがないし。

そもそもなんで俺に手紙を？

首をひねりながらソファへ戻る途中で思い出した。そういえば猿渡がなんか言ってたな。

つまりこれは、十年前から届いた手紙ってことだ。

「莉緒が……」

十年前と言えば、莉緒はまだ小学生のころだ。

丁寧《ていねい》に封を開くと、封筒と同じ色の便箋《びんせん》が入っていた。


パパだいすき。おしごとがんばってね。


横組みの便箋いっぱいに並んだ文字が笑っている。『パパ』の文字は青色、『だいすき』は赤色、『おしごと』は黄色、残りは黒色のクレヨンで書いてある。

このころは仕事から帰ってくると、うれしそうに迎えてくれていたっけ。着替える間も、その日あった出来事を話してくれて、それを妻もニコニコと眺めていた。

莉緒は『パパと結婚する』とよく言っていた。

それなのに、家の空気が重くなり、俺の帰りも遅くなっていった。

もう一度あの日に戻れたなら……いや、なにも変わらないだろう。猿渡に言ったように、過去に目を向けたってどうしようもない。

それでも……うれしいものだな。

手紙をしまっていると、玄関のドアが開く音がした。もう妻が戻ってきたのだろうか。

リビングのドアを開けたのは莉緒だった。俺を見て「うわ」と驚いている。

「なんだ？　学校は？」

思わず咎《とが》めるような言い方をしてしまった。まだ一時過ぎ。高校が終わるには早すぎる。

莉緒は置きかけた通学バッグを肩にかけ直すと、そのままリビングを出ていこうとした。

「莉緒」

ふり向く莉緒は昔の莉緒じゃない。いつからこんなきつい目をするようになったのだろう。昨日は気づかなかったが、髪の色も明るくなっている。

「テスト期間中だし」

もうそんな時期かと思っている間に、ドアは閉ざされた。階段をのぼっていく音がし、乱暴に部屋のドアが閉まる音が続く。

ほら、やっぱり過去に目を向けたってどうしようもない。

この家に居場所がないことは決して変わることがないのだから。


「大変申し訳ありませんでした」

深々と頭を下げると、革靴の剝《は》げたつま先が目に入った。同じく隣で謝罪する猿渡が俺より先に頭をあげて、慌《あわ》ててまた下げていた。

「俺だってこんなこと言いたくないんやて。でも、あまりにも対応がずさんだら？　直接謝罪に来るならまだしも、メールで謝罪なんてありえんだろ」

「おっしゃる通りです」

菊川市で生まれ育った内田さんは、定年までは小さな工場を経営し、今では息子に代を譲っている。代々受け継いだ土地を売ってアパート経営に乗り出したタイミングで俺が担当になった。あれから三年が経《た》つから今は七十歳だ。

顔をあげると、内田さんは忌《い》ま忌《い》ましげに猿渡をにらんでいる。

「寛彦くんが担当のときはこんなことなかった。これじゃあ安心して任せられんて」

今朝、俺宛てに内田さんが怒り心頭で電話をかけてきた。外回りに出かけようとしていた猿渡を捕まえ話を聞いたところ、謝罪はメールでいいと思っていたらしい。

猿渡は「誠に」や「重ね重ね」と口にするが、すぐに頭を下げてしまうので、続く言葉が聞き取れない。それがさらに内田さんの表情を硬くしていく。

「最後に来たときもスマートフォンばっかりいじって、こっちを見ようともしない。俺との話はつまらんってことだら？　バカにするのもいい加減にしろよ！」

「内田様。今回のことは私からも厳しく注意しておきます。二度とこのようなことのないよう、私も再度補助に就《つ》かせていただきます」

それでも許さないと言い張る内田さんをなんとか宥《なだ》めることができたのは三十分後。

さすがにショックだったのだろう、猿渡は助手席でうなだれている。

昔なら叱《しか》り飛ばしていただろうが、今回は俺の確認不足もある。どういう対応をしたかまで報告してもらうことにした。

「次のアポまで時間がないからつき合え」

アクセルを踏み、菊川駅へ車を進ませる。フロントガラス越しに広がる空は今にも落ちてきそうなほど重い。間もなく空は雨を降らすのだろう。

菊川駅の駅前通りの先に『エンガワ』という名前の建物がある。会員制のコワーキングスペースで、フリーランスや起業家、個人事業主がオフィスとして使ったり、会議を行ったりしている。俺の顧客のひとりがここを事務所として登録しているが、着いたと同時にキャンセルの電話が入ってしまった。

仕方がないので併設されているカフェテリアで休憩をすることにした。

六畳ほどの狭いスペースにカウンターがあるだけの店で、従業員の祥子《さちこ》さんとはすっかり顔なじみだ。胸のネームプレートに『祥子』とだけしか書いていないので苗字は知らないが、年齢は三十代後半くらいと予想している。

「寛彦さんが誰か連れてくるなんて珍しいわね」

猿渡はまだ放心状態らしく、トンと背中を叩くと弾《はじ》かれたように名刺を差し出している。

アイスコーヒーを頼んでから、カウンターに腰をおろした。

「先ほどはすみませんでした。また長谷川さんの仕事を増やしてしまって……」

遅れて座った猿渡の声は消えそうなほど弱い。

「許してもらえてよかったな。報告書はあげとけよ。次からも訪問日は同行するから」

俺たちのやり取りを聞いていた祥子さんが、ミルで豆を砕きながら「ふ」と笑った。

「寛彦さんが部長になったなんてね。初めてここに来たときは課長さんだったのに」

慣れた手つきで挽《ひ》いた豆をセットし、お湯を注いでいく。芳醇《ほうじゅん》な香りが鼻腔《びくう》にやさしい。

「なあ猿渡、これから挽回していけばいいから、あまりミスを引きずるな」

「そうよ」と祥子さんが話に加わった。

「この人だって、昔ここでえらくお客さんに怒られたことがあるのよ。『訴える』って脅《おど》かされて、見ていてかわいそうだったもん」

よほど喉《のど》が渇《かわ》いていたのだろう、コーヒーが置かれるや否《いな》や一気に半分ほど飲んだあと、猿渡は深いため息をついた。

「この恩は忘れません。僕にできることがあればなんでも言ってください」

「俺より内田様に誠心誠意尽くせ。いつかこんな風に笑い話になるさ」

内田さんのことを任せっぱなしにした俺にも責任がある。進捗《しんちょく》を確認するべきだった。

ふと、昨日の莉緒のことを思い出した。

家のことは妻に任せっぱなしで、いつの間にか高校生になっていた気がする。昨日の短いやり取りが久しぶりに交わした会話だとは情けない。

「まあでも、猿渡はすごいよ。俺と違い、家庭のこともちゃんとやろうとしてる。俺は、ぜんぜんしてこなかったツケが今になって回ってきている」

バッグに入れておいた手紙を取り出した。結局、本人にも妻にも見せていない。

「十年前に娘が書いた手紙が届いたんだ」

「マジっすか!?」カウンターに置いた手紙を猿渡が素早く開いた。

「うわーかわいい。めっちゃうれしい手紙じゃないですか」

猿渡から手紙を渡された祥子さんが、目を輝かせた。

「なんか泣いちゃいそう。遅れて届いたプレゼントね」

この手紙をもう何度も読み返している。

「今じゃ、口も利《き》いてもらえない。俺も猿渡みたいに、もう少し家のことにも向き合うべきだった。過去を嘆《なげ》いても仕方ないし、その結果起きていることを受け入れるしかない」

自嘲気味に笑ってアイスコーヒーを飲んだ。

家族の形がいびつになったのは、まぎれもなく俺のせいだ。でも、どうしようもなかったと思う自分もいる。

「あの」と猿渡がおずおずと口を開いた。

「僕は長谷川さんのこと好きですよ。そりゃあ厳しいときや、不機嫌なときもあるけど」

「追い打ちをかけてくるな」

「でも、ちゃんと僕のことを考えてくれてるじゃないですか。今日だって内田様と一緒に叱り飛ばしてもおかしくなかったのに、かばってくれたじゃないですか」

「それは仕事だからだ。お客様だけじゃなく、お前のこともちゃんと考えてる」

祥子さんが「それそれ」と身を乗り出す。

「寛彦さんの長所は真面目《まじめ》なところで、短所も同じく真面目なところだもんね」

「そうなんです。僕が思うに――いや、なんでもないです」

「そこまで言って言わないのはずるいぞ」

冗談めかせる俺に、猿渡はもう一度手紙を手にした。

「感情を言葉にするのって難しいと思います。でも、言葉にしないと伝わらないことってあると思うんです。ご家族にも同じようにしてみてください。絶対にわかってもらえますから」

「そう言われてもなあ。うちの冷え具合を見たら、猿渡だって手遅れだと判断するぞ」

「冷えたなら温めればいいじゃないですか。言葉だけじゃダメで、態度でも示さないといけないレベルですね。でも、わざとらしくやっても意味がないと思います」

じゃあどうしろと言うんだ。

こんな話になるとは思ってなかったから、どんどん居心地が悪くなっている。

「待ってて」奥に引っこんだ祥子さんが、Ａ４サイズの紙を手に戻ってきた。

「今から作戦会議をしましょう。タイトルは、そうね――」

油性ペンで紙に文字を書いていく。

「これにしましょう」

そこには『長谷川家復活作戦』とでかでかと書かれていた。

莉緒がいぶかしげな顔で俺を見たあと、「ウザ」といつものように二文字で言った。

夕飯の席で散々迷った末に尋ねた『テストどうだった?』の問いへの返答だ。

「あ、いや……」

白米を口に放りこんで時間を稼いでいる間に、

「そういえばね――」

妻が莉緒に違う話題をふり、ふたりは芸能人の不倫のニュースで盛りあがる。

この数日、祥子さんと猿渡に提示された作戦をがんばっている。朝の挨拶をするとか、お茶を出されたら『ありがとう』と言うとか。今のところ全戦全敗で、ますます距離を感じる結果となっている。むしろ莉緒なんて、前よりもっと不機嫌な態度で接してくる。

「マジで不倫なんてありえない。周りの子も冷めたって言ってた」

「離婚しちゃうのかしら。お子さん小さいのにね」

「すればいいんだよ。不倫なんてする人、親でもなんでもないし」

なぜかギロッと莉緒がにらんできた。気のせいかと思ったが、視線を外してくれない。

「な……なんで、俺、なんだ?」

やましいことなんてなにもないのに、言葉がつっかえてしまった。それ見たことか、と莉緒が納得したようにうなずく。

莉緒は「最低」とつぶやきを残し、リビングを出ていった。

突然のことすぎて、なにがなんだかわからない。

箸を置いた妻がぼんやりと肉じゃがを眺めている。

こういうときはどうするんだ? そうだ、話題をふる。それも明るい話題だ。

ゴクリと唾《つば》を呑みこめば、それすらも怪《あや》しく思われそうで。

「最近は雨ばっかりだな」

違う。これじゃあちっとも明るくないし、話題も続けられない。アワアワしていると、突然妻がうつむいた。肩を震わせ泣いているように——いや、笑ってる。

顔をあげた妻がこらえきれずに声をあげて笑った。不謹慎《ふきんしん》だが、おかしくなってしまったのかと思ってしまった。

ひとしきり笑ったあと、目じりの涙を拭《ぬぐ》いながら「ごめんなさい」と妻は言った。

「我慢してたんだけどやっぱり無理。感情を言葉にすることに慣れてないから、どうやったらいいのかわからないのよね?」

「……え？」

「『長谷川家復活作戦』は今のところ失敗だらけね」

そう言う妻に、ぽかんと口を開けたまま固まってしまった。

「なんでそのことを知ってるんだ？」

「その尋問《じんもん》みたいな口調やめてよね」

「いや、そういうわけじゃ……」

俺の湯呑《ゆの》みに茶を注いだ妻が、思い出したかのように「ふ」とまた笑った。

「今朝、和田くんから電話をもらったの。あなたには内緒で、作戦のことを話してくれたの」

「和田が？　いや、あいつには話してないが……猿渡が話したのか？」

「どうせうまくいかないだろう、って連絡くれたんだから怒らないであげて。いい仲間に恵まれているのね」

まだ状況が理解できていないが、浮気の疑いは晴れたようでホッとした。

「作戦を書いた紙、見せてくれる？」

「写真で撮影したやつしかないが……」

右手を差し出す妻に、スマホの画面に作戦内容を表示させて渡す。

【長谷川家復活作戦】

※一日一回はこの三カ条を声に出して読む

①家事をする。（ゴミ出しや食器洗いなど）

②挨拶をきちんとする。（おはよう、行ってきます、ただいま、お帰り、おやすみ）

③感謝の気持ちを言葉にする。（ありがとうに気持ちをこめる）

目を細めて読む妻の顔に、スマホのバックライトが当たっている。

すばやく指を動かしたあと、妻はスマホを俺の前に滑らせた。

「莉緒がね、『様子がおかしい』ってずっと言ってるのよ。『浮気をしている罪悪感だよ』って決めつけてて、私も今朝電話をもらうまでは疑ってたの」

「訂正してくれ」

「その許可はまだ出せません」

スクショをメールで送ったのだろう、妻は自分のスマホを開いた。

「あなたが真面目で不器用なのは知ってるし、たぶん莉緒もわかってくれてる。でも、ないがしろにされている気がずっとしてた。私も莉緒も」

やわらかい口調なだけに、余計に胸に突き刺さる。謝罪の言葉を口にする前に、妻がソファのあたりに目を向けた。

「小さなことの積み重ねでどんどん心が離れていったと思う。だから、今さら家事を手伝っても無理しているようにしか思えないの。それくらい大きな壁ができていたんだと思う」

「ああ……」

「だからこれからも小さなことの積み重ねでその壁を取っていって。莉緒も反抗期が終わるころにはわかってくれるはず」

「悪かった」

「私も意地を張ってたからお互い様だと思う。でも、いきなり家族で旅行しよう、とかはダメよ。浮気説がもっと濃厚になっちゃうから」

不思議だ。責められているのに漂う空気がやさしい。

「俺は……」自分のものとは思えないくらい低い声がテーブルに落ちた。

「仕事に逃げていたのかもしれない。家に帰ってくるのが怖かった。自分から避けておいて情けないが、美香や莉緒に嫌われている気がしてた」

「これから取り返せばいいじゃない。あと、久しぶりに名前を呼んでもらった気がする」

冗談めかせる妻に、気の利《き》いたことも言えずにうなだれる。

「うまくできないかもしれない。そのときはちゃんと言ってくれ……言ってほしい」

「じゃあ、とりあえず洗い物をお願いしようかしら。私はお風呂でのんびり作戦内容を読ませてもらうから」

妻がリビングを出ていき、またひとりになった。

二階から莉緒の流す音楽が聞こえる。浴室からはシャワーの音。

どの音も、今夜はやさしく耳に届く。


和田は俺の報告を聞くと、満足そうに笑った。腹も一緒に揺れている。

「内田様の件で猿渡が落ちこんでたから飲みに誘ったんだ。あいつ、そっこうで酔っぱらってなあ、お前の家庭事情をペラペラ話しまくった。どうせうまくできないだろうから、同僚として、お前の奥さんに伝えたってわけ。新人のころはよくお前んちにも遊びに行ってたし」

夕焼けがオフィスの半分をオレンジ色に染めている。

「で、うまくいってんのか？」

「それなりに。美香はずいぶん機嫌がいいが、娘はやっと挨拶を返してくれるようになった程度。近づくと鬼ごっこをしてるみたいに逃げていくし」

浮気疑惑は晴れたものの、家事をしても『わざとらしい』と冷ややかな目で見てくることが多い。『ありがとう』に対しては、あいかわらずのスルーだ。

「小さな積み重ねをすることで信頼を回復してくよ。ありがとう」

「お礼なら猿渡に言え」

デスクに戻ると定時まであと少し。猿渡は内田さんと土地の活用法について話し合うために出かけている。今夜は家族で久々の外食だ。すき焼きの食べ放題は、莉緒のリクエストらしい。

デスクに置いた仕事用のスマホが震えた。見ると、妻の名前が表示されている。こっちのスマホにかけてくるなんて珍しい。

『あなた！』耳をつんざくほどの大声がした。

『大変なの!!　莉緒が、莉緒がっ！』

一瞬頭が真っ白になってしまい、反応が遅れた。

「……莉緒が？　莉緒になにかあったのか!?」

スマホの向こうで妻のすすり泣く声が聞こえる。

『校門を出たところで車が突っこんできた、って先生から電話が』

「莉緒の状態は!?　ケガは、おい、しっかりしろ！」

『わからないの。私も今タクシーで向かってて――』

気づけば立ちあがっていた。だらんと垂れ下がる手から和田がスマホを奪い、なにか話している。

――莉緒が事故に？

通話を終えた和田はこわばった顔で俺にスマホを渡した。

「総合病院に運ばれたそうだ。急いで行ってやれ」

俺は――なんて答えた？

気づくと車に乗りこんでいた。アクセルを踏むが、夕暮れ時の街は道が混んでおり、信号のたびに引っかかってしまう。

「莉緒……莉緒、莉緒」

ハンドルを壊れるくらい強く握り、総合病院を目指した。

もしも莉緒になにかあったらどうすればいい？

まだちゃんと許してもらっていないのに、まだ家族は復活していないのに！

駐車場に強引な形で車を停め、入り口に向かって駆ける。

なぜか莉緒が小さかったころのことが頭に浮かんだ。

家に帰ると『パパお帰りー』とパジャマで玄関まで走ってきた姿。父の日にクレヨンで描いてくれた俺の似顔絵。休みの日に寝ていると、ふざけて乗っかってきたこと。

復活作戦をしなければならないほど家が壊れてしまったのは、全部、俺のせいだ。

駆けても駆けても病院の入り口が近づいてこない。

涙がボロボロとこぼれ、海のなかにいるように視界が揺れている。

ようやく自動ドアが開き、受付カウンターへと転がるように駆ける。フロアにも会計を待つ人たちのなかにも莉緒の姿は――ない。

「すみません！」

カウンターに駆け寄る俺に、受付の女性はギョッとした顔をした。

「申し訳ございません。番号札をお取りになり――」

「莉緒は……長谷川莉緒はどこですか!?　事故に遭《あ》ったんです。娘なんです！」

「長谷川莉緒様ですね。お調べ――」

「莉緒はどこにいるんですか!?」

めまいをこらえながら莉緒の名を呼んだ。

「あなた」

妻が慌てた様子で走ってきた。その向こうに、呆れた顔で立っているのは――。

「莉緒！」

制服姿の莉緒が困った顔で立っている。無事だったんだ。ああ、莉緒が無事だった。

「どこも怪我《けが》してないのか？　なあ、大丈夫……なの、か」

駆け寄りたいのに体の力が抜けてしまい、その場に崩れ落ちてしまった。妻が俺の体を支えてくれた。

「打撲《だぼく》程度で済んだみたい。駆けつけたときには診察が終わってたのよ」

「そうか、そうか……」

「恥ずかしいから、大声で名前を呼ぶのやめてくれる？」

顔を真っ赤にする莉緒に手を伸ばすが、するりとかわされてしまった。

莉緒の強い主張により、受付からいちばん離れた長椅子に三人で腰をおろした。

「本当に怪我、ないのか？」

「ないって。一年生の子も撥《は》ねられたんだけど、そっちもピンピンしてる」

「頭は打ってないのか。やっぱりしっかり診《み》てもらおう」

立ちあがろうとする俺を、ふたりがかりで止めてくる。

ああ、また俺は空回りをしているのだろうか。涙腺《るいせん》が崩壊しているのか、ハンカチはすっかりびしょ濡れだ。

妻が会計に呼ばれ、莉緒とふたりっきりになった。

しばらく沈黙が続いたあと、莉緒が口を開いた。

「お母さんに聞いたけど、十年前の手紙が届いたんでしょ？　帰ったら見せてよ」

「手紙？　ああ、これのことか」

バッグに入れている手紙を渡した。

「え、持ち歩いてんの？　ヤバくない？」

「この手紙のおかげでやっとお母さんや莉緒のことを考えることができたんだ」

「懐《なつ》かしい。ふふ、字がぐちゃぐちゃ」

目を細めて手紙を読んだあと、莉緒は「んー」と困ったように天井のあたりに目を向けた。

「言わないつもりだったんだけどさ、しょうがないから教えてあげる。十年前、お父さんも私に手紙を書いてくれてたんだよ」

「え？」

「覚えてないんでしょ？　こないだポストに届いてたよ」

通学バッグから白い封筒を取り出す莉緒。宛先に俺の字で『長谷川莉緒様』と記してある。

手を伸ばすと、またしてもかわされてしまった。

「最近がんばってるね。浮気してないのも――まあ、信じるよ。でもまだまだここに書いてあるようにがんばってもらわないと」

二本の指で挟んだ手紙を差し出された。

その時、莉緒が笑っている顔を久しぶりに見た気がした。

手紙を読み終わると同時に、「ごめん」と莉緒が言った。

「私もお父さんのこと、ずっと避けてた。仕事ばっかりで帰りも遅いし、私の誕生日を忘れたこともあったし、あとなんかいつも怒ってたし」

「……すまん」

「でも私もお母さんも、一生懸命働いてることは知ってたし、感謝してるんだよ。うん、ちょっと違うな。感謝していることを思い出したってこと」

会計を終えた妻が戻ってきたので、駐車場へ向かう。

まだ心臓がドクドクと騒いでいて、何度も確かめるように莉緒を見てしまう。

「ねえ」前を歩く莉緒がふり向いた。

「『長谷川家復活作戦』は大成功だね」

妻がしまったという顔をして助手席に逃げた。あの画面を見せたのだろう。

運転席のドアに手をかけたまま「いや」と首を横にふった。

「まだまだ赤点レベルだ。合格点がもらえるようにがんばるから」

「そういう真面目なとこ、悪くないと思うよ」

車に乗りエンジンをかける。

バックミラー越しに目が合うと、莉緒がやさしく笑みを浮かべてくれた。

さあ、帰ろう。俺と美香と莉緒の家へ。

長谷川莉緒さんへ

この手紙を読んでいるころ、莉緒はもう高校生だね。

お母さん似の莉緒だから、きっと美人になっていることでしょう。

結婚して莉緒が生まれたことは、お父さんの最大の幸せです。
莉緒の産声を聞いたときのことは今でも忘れられません。
大きくなって結婚するまで、なにがあっても家族を守るって決めたんだ。
お父さんは無口だし不器用だけれど、莉緒のことを想う気持ちは誰にも負けません。
もちろんお母さんを想う気持ちも。
だから莉緒、お父さんはもっと家族のためにがんばります。
生まれてきてくれてありがとう。ありがとう。

お父さんより

4 茶畑に愛を叫ぶ

小笠《おがさ》奈々実《ななみ》（十五歳）

家にいるときは息を潜《ひそ》めなくてはならない。特に朝は細心の注意が必要だ。

ベッドのなかで身じろぎひとつせずそのときを待つ。

お父さんは私の部屋には来ないけれど、問題はお母さん。出勤前に声をかけてくるのは毎朝の恒例行事。家から出ていくまで存在感を消すことが、一日のなかで最も重要な任務だ。

窓の外から『グリーンスリーブス』のメロディが聞こえる。農作業など外で働いている人に時間を知らせるために、朝だけじゃなく昼や夕方にも流れる音楽のことを、『行政無線チャイム』と呼ぶそうだ。今は朝の七時のチャイムというわけ。

チャイムが鳴るなんて、この街はまるで巨大な学校のよう。

「奈々実」

ドアの向こうからお母さんの声がした。掛け布団を頭の上までかぶり、ギュッと目を閉じる。

「起きてるの？　返事くらいしなさい。今日、学校どうするの？」

早口でドアを叩いてくる。お互いに嫌な気持ちになるだけなのに、なんで毎朝同じことばかり聞くのだろう。

「先生が期末テストだけでも受けに来なさい、って。学習室でテスト受けさせてくれるんですって。ねえ、聞いてるの？」

そんなに大きな声で言わなくても聞こえてるって。

三年生になって一度も中学校に行けてないのに、テストなんて受けられるわけないじゃん。昔からお母さんは勉強のことしか口にしない。

『点数はどうだったの？』『そんな時間あったら勉強しなさい』

行けない理由が学校にあると思いこみ、クレームをつけたとも聞いた。

私の気持ちなんて知ろうともせず、ただ学校に行かせたい人の言葉なんて聞かない。

ドア越しに聞こえるようにため息をつき、お母さんは一階へ降りていった。玄関のドアが開閉する音とカギをかける音が続く。それでもしばらくは息を殺し、じっと動かない。

車のエンジン音を確認してから、ようやく一階へ降りる。

兵糧攻《ひょうろうぜ》めに意味がないことがわかったのか、最近では冷蔵庫に昼食を用意してくれるようになった。今日の昼食はチャーハン。まあまあなメニューだ。

リビングのカーテンを閉めてしまえば、お隣の口うるさいおばさんに見つかることもない。お母さんが帰ってくるまでの時間は自由の身だ。

ソファに腰をおろすのと同時に、

「おはよう」

声がして、思わず悲鳴をあげてしまった。

洗面所にいたのだろう、姉のりょうがパジャマ姿で顔を出した。

「びっくりした……」

「それはこっちのセリフ。幽霊じゃないんだから、そんなに驚くことないでしょ」

呆れた顔でお姉ちゃんは冷蔵庫から麦茶のペットボトルを取り出した。

「いつ帰ってきてたの？」

「二時くらいかな？　こっちの友だちと飲んでたら、終電逃しちゃってさ」

お姉ちゃんは浜松市《はままつし》にある大学への進学を機にひとり暮らしをしている。今年三回生になったお姉ちゃんとは六つ離れているせいもあり、一緒に遊んだ記憶はあまりない。

ふたりともそんなに口数が多いほうではなかったし、アウトドア全般が趣味だというお姉ちゃんに対し、私はもっぱらインドア派。姉妹というよりは、歳の離れた同居人というイメージだった。

そんなお姉ちゃんが、今では唯一《ゆいいつ》気負いなくしゃべることができる人だなんて不思議。

理由は明確で、私の不登校について興味がないから。学校に行かないことについて一度も尋《たず》ねられたことがないし、たまに帰ってきても世間話しかしない。

「ほら、水分補給」

麦茶を注《つ》いだグラスを渡してきたので、ありがたく受け取る。

ぶっきらぼうで愛想のないお姉ちゃんだと思ってきたけれど、ふたりのときはこんな風にやさしくしてくれることもある。

お姉ちゃんは最近キレイになった。ノーメイクのパジャマ姿でも、大人の女性って感じがする。私と同じ肩までの髪なのに、使っているシャンプーが違うのだろう、艶《つや》がすごい。

「りょうちゃんの大学って毎日授業ないの？」

「三回生って案外ヒマなんだよね」

私はソファ、お姉ちゃんはキッチンのテーブルの椅子に座るのが定位置だ。

「それより、私宛ての手紙って届いてない？」

先週帰ってきたときも、わざわざ私の部屋にやってきて同じ質問をした。

「今のところ届いてないと思う」

十年前、菊川市《きくがわし》で十年後の誰かに手紙を書くというイベントがおこなわれた。お姉ちゃんは自分宛てに手紙を書いたらしく、親に見られる前に取り返したいそうだ。

「あんた家にいるんだから、郵便配達が来たらすぐにチェックしてよ」

「毎日ポスト見てるけど届いてないいんだって。てか、そんなヤバいこと書いたの？」

「奈々実には教えない」

どうせ親へ、感謝の言葉を綴《つづ》っているのだろう。

昔からお姉ちゃんはいい子で、成績優秀。だからこそ大学で家を離れるときは、私以外の家族はみんな泣いていたし、いなくなってからも親はなにかにつけてお姉ちゃんの話題を出し、私と比べたがる。

今でもたまに戻ってくるときは歓迎ムード一色。ずっと家にいる私とは大違いの反応だ。

麦茶を飲み、意味もなく髪の毛を触る。

「奈々実も手紙書いたんだよね？」

「うん、まぁ……。友だちからも届くはず」

浮かびそうになる過去の記憶を頭からふり払い、歯切れ悪く答えた。

「誰から届く予定なの？」

「……彩夏《あやか》」

「ああ」とお姉ちゃんはウイスキーでも飲むみたいにグラスを傾けた。

「吉沢彩夏《よしざわ》。久しぶりにその名前聞いたわ。あんたたち気持ち悪いくらい仲がよかったし」

「自分だって昨日、昔の友だちと会ってたんでしょ」

指先でグラスをなぞりながら首をかしげるお姉ちゃん。その仕草がすごく大人に見える。

「高校のときの友だち。あのころはいつも一緒だったけど、何年かぶりに会うと、やっぱりなんか違った」

「違うって、どういう風に？」

「高校って自分が選んだコミュニティじゃないから」

たまによくわからないことをお姉ちゃんは言う。自分でもそう思ったのだろう、「つまり」と言葉を続けた。

「高校って強制的に作られたコミュニティじゃない？　同じ制服を着て同じクラスに閉じ込められて同じ授業を受ける。仲良くするしか生き残れる方法はなかったけど、卒業してからもずっと友だちかって聞かれると、そういうんじゃないんだよね。実際、親友だった子とは大学に行ってからはほとんど会ってないし、今回も不参加だったし」

「そういうもんなんだ」

「そういうものなの。今生きている場所が大切になるから、話をしてても『なんか違う』

って違和感があってさ。『また会おうね』って約束して別れたけれど、二度と会わない子もいるんじゃないかな。じゃあ、バイトあるから帰るわ」

クールに言い、お姉ちゃんは立ちあがった。

「手紙、見つけたら保管しとくね」

「絶対に封は開けないでよ。なんなら燃やしてくれてもいいから」

さすがにそこまではできない。

「ねえ」ふとお姉ちゃんに聞いてみたくなった。

「りょうちゃんはさ、なんで私が学校に行かないこと、なんにも言わないの？」

「だってあんたの人生でしょ。好きなようにすればいいじゃん」

ひょいと肩をすくめるお姉ちゃんに、肩透かしをくらった気分になる。

「そうだけど……」

「中学もそうだけど、高校だって行きたくなければ行かなくてもいいんじゃない？　今の時代、人生の選択肢は山ほどあるからね。ただし、ニートになるのだけは禁止。親が死んだとしても、奈々実の面倒を見る気はないからね」

ぶっそうなことを言ってから、お姉ちゃんはニヤリと笑った。

「思うように生きてみなよ。それより大事なのは手紙のこと。くれぐれも頼んだからね」

そう言い残してリビングを出ていった。

喉《のど》のあたりにそっと手を置く。久しぶりに人と話をした気がする。

壁の時計はもうすぐ八時半になろうというところ。今日も私を除いたクラスで授業がはじまろうとしている。

スマホを開くと、いつものように彩夏からのＬＩＮＥメッセージが届いていた。

【おはよう　行ってきます】

続いてスタンプ。彩夏が推《お》しているアイドルグループのメンバーが『おはよう』の吹き出し入りで笑いかけてくる。

もう半年も無視してるのに、なんであきらめないんだろう。ありがたくもあるけれど、私なら嫌われたと思って、こんなふうにメッセージを送り続けることなんてできない。

親も一緒だ。私の周りには、私を学校に行かせたい人たちがたくさんいる。

スマホの画面を切り、部屋に戻る。見なかったことにすればそれでいいだけ。

【昼休みにスマホ使ってんの見つかりそうになった〜】

【西方《にしかた》くんが期末テスト対策をまとめてくれたよ。写真だから見にくいかも】

【部活サボって帰る　先輩マジでウザいんだけど笑笑笑】

『富士の山』のメロディが響き渡れば十七時の合図。

彩夏からのＬＩＮＥメッセージはいつものとおり三通届いている。既読無視で申し訳ないけれど、彩夏の日記を読んでいるような気分だ。

机の上にテキストを広げる。西方くんが作ってくれた期末テスト対策のまとめは、全部で六ページもある。クラス委員だから作ってくれたのだろう。中間テストも受けていないから今さら受けても仕方ないのに。

嫌な気持ちと同じくらい、罪悪感がムクムクと成長している。

机の右奥に飾ってある写真立てを眺めた。ピンクのフレームのなかに、私と彩夏、そして楓《かえで》が映っている。入学式のときに校門の前でお母さんが撮ってくれたものだ。

――友田《ともだ》楓。

楓のことを想うと、いつも胸が締めつけられる。

菊川大学の付属小学校に入学して以来、私たちはいつも一緒だった。特に楓とは仲がよく、お互いになにを考えているのか黙っていても伝わるほどだった。

楓は三人のなかでいちばん背が高く、バスケットボール部に所属していた彩夏以上に運動神経がよかった。けれど、楓はスポーツよりも小説をこよなく愛する女の子だった。

休みの日にはふたりで図書館へ行き、彩夏の部活が終わるのを待った。楓の影響で私も本好きになったけれど、読み終わった楓の感想を聞くことのほうが何倍も好きだった。楓はよかったと思うことだけを話し、批評家めいたことは一切口にしなかった。目じりを下げ、うれしそうに話す楓。宝物のように本を胸で抱く楓。話すたびに長いストレートの髪がサラサラと揺れていた。

一緒に近くの菊川佐塚《きくがわさづか》書店に本を買いに行くこともあった。そういうときの楓は見たこともないくらい真剣で、一冊一冊丁寧《ていねい》に、裏のあらすじまで熟読してから候補作を絞っていった。

中学生になってからも、同じ時間を過ごした。いつも一緒にいるのが当たり前だったから、この日々が永遠に続くと信じて疑わなかった。

だから、二年生の二学期の途中に楓が入院したときは悲しかった。心配はしていたけれど、それ以上に『早く同じ時間を共有したい』という欲ばかりが私を困らせた。

写真を手に取ると、楓のうれしそうな笑顔が目に飛びこんでくる。

「楓」

名前を呼べば、もっと胸が苦しくなる。

ねえ、楓。なんで病気のことを話してくれなかったの？

何度も病院に行ったんだよ。でも、コロナが流行していてお見舞いが叶《かな》わなかった。
ＬＩＮＥメッセージを交わすよりも、ちゃんと楓の顔を見たかった。
なのに、一時退院したときに教えてくれなかったのはなぜ？
最後まで病名を教えてくれなかったのはなぜ？
ＬＩＮＥで『すぐに治るよ』って嘘をつき続けたのはなぜ？

どうして……どうして私を置いて先に逝《い》ってしまったの？

聞きたいことはたくさんあるのに、もう二度と楓に会うことはできない。
突然断ち切られた絆《きずな》の残骸《ざんがい》をぶら下げたまま、私はあの場所で今も立ち尽くしている。
今でも楓の帰りを待っているんだよ。
楓がこの世界から消えてから、中学に通えなくなった。
話せるのは、私に興味のないお姉ちゃんだけ。
「あ……」
いけない。十年前のお姉ちゃんから届く手紙のことを忘れていた。
急ぎ足で外に出てポストのなかを探ると、花柄の封筒が一通入っていた。

【小笠りょう様】

宛先と差出人にお姉ちゃんの名前が記してある。几帳面《きちょうめん》な文字はお姉ちゃんが書いたもので間違いない。

本当に十年前から手紙が届いたんだ……。

もう一度ポストのなかを確認するけれど、私宛ての手紙は届いてなかった。

十年前、お母さんに手伝ってもらい、楓に手紙を書いたことを覚えている。私が楓に、楓は彩夏に、彩夏は私に手紙を出した。

でも、今さら届いたってなんの意味もないこと。

だって、この世界に楓がいないから。もう二度と会えないから。二度とあの笑顔は見られないのだから。

わかっているのに、わかりたくないことばかり。

消えてしまえたなら、少しはラクになるのかな……。

スマホのゲームを教えてくれたのは楓だった。

『小説好きな主人公が、いろんな小説の世界を旅するゲームなの』

本ばかり読んでいた楓がゲームにハマるなんて意外だった。

ゲームのタイトルは『ノベルワールド2』。初めてダウンロードして以降、帰宅後や長い休みのときは、よく楓と一緒にやってたっけ。中学に入学するのと同時に『ノベルワールド3』が配信され、より熱中するようになった。

彩夏は、ゲームに興《きょう》じる私たちに呆れていたっけ。

眠れない夜は、ついこのゲームを起動させてしまう。

画面ではレベル80にまで成長した主人公『ミツキ』が、最終ステージである『不思議の国のアリス』の世界を旅している。あと少しでラスボスというのに、この半年はずっと小さな町のカフェで座っているだけ。ちなみに名前は好きな女優さんから拝借した。

ミツキも私と一緒で、楓の帰りを待ち続けている。

ログインをやめないのは、このカフェではプレイヤーが自由に話をできるから。

楓が操作していたキャラの名前は『カエデ』で、私よりゲームがうまかったし、レベルはマックスの99。『ノベルワールド2』をやっていた人への特典で継承した技がパーティバトルでかなり有効だったため、ちょっとした有名人だった。

けれど、今はもういない。

たまに訪れる人と、楓の思い出話をするためだけにログインしている。

トランプの模様のテーブルに腰かけていると、私の隣にマントをつけたウサギが座った。

『ミツキ　こんばんは　今日は早いんだね』

チャット欄に会話が表示された。彼の名前は『ケデア』。レベルは低いけれど、物理攻撃も魔法攻撃もできる人気キャラだ。

『ケデアも早いね』

『これあげる　ダンジョンで拾った』

銀色に輝く宝石は『アリスの涙』と呼ばれ、高い値で買い取ってもらえるレアアイテムだ。

『私は使わないから大丈夫だよ』

『俺もいらない　こういうのに頼らずに強くなりたいし』

ケデアは変わっている。カフェにいる私を見つけては、いらないアイテムを置いていく。

『まだカエデを待ってるの？』

ケデアが店員を呼び止め、ミルクティーを注文した。

『今日も来ないけどね』

『もうやめちゃったんだろ　レベルあげつき合ってよ』

『すれ違いになると嫌だから待ってる』

ケデアは以前、楓にレベルあげを手伝ってもらったことがあるそうだ。楓とリア友なことや、彼女がもうこの世にいないことを彼には伝えていない。

『俺が戦うからうしろでバフかけて　どこにする？』

自分勝手にことを進めるケデアに、

『ごめん　もうすぐ寝るから』

と伝え、喫茶店を出た。

綿菓子みたいな雲に虹がかかっている。クッキーの家、ケーキのお城、軽やかな音楽。現実世界から逃げても、楓のことばかり考えてしまう。

ログアウトし、壁の時計を見るともうすぐ十一時だ。ドアを開けて廊下に出ると、寝室からお父さんのいびきが聞こえてくる。

半袖のパーカに着替え、フードを深く被《かぶ》りそっと家を出た。梅雨《つゆ》もそろそろ終わるのだろう、湿った空気の向こうに丸い月が顔を出している。

周りの景色を見ないようにうつむいて歩く。この街には楓との思い出がたくさんありすぎて、夜とはいえ視界に入れてしまったらオートで泣いてしまいそう。

コンビニの明かりが見えてきた。半年前にオープンしたコンビニは、私の御用達《ごようたし》。幸いお小遣《こづか》いは止められていないので、たまに買い物に訪れている。

深夜のコンビニは、流れているBGMさえどこかさみしく耳に届く。

いつも愛想のない女性店員は金髪だ。アイスをひとつ買ってから外に出た。

店内から漏《も》れる光が、ひとりぼっちの影を作っている。

歩きだそうとしたとき、向こうからうちの学校のジャージを着たショートカットの女子が歩いてくるのが見えた。

「え……」

私の声に気づいた女子が顔をあげた。それは、彩夏だった。

「うお、マジで！」

歓喜の声をあげた彩夏がダッシュで駆け寄ってきて、私の腕をつかんだ。

「こんなとこで奈々実に会うなんてビックリ！　すごい偶然じゃない!?」

「あー、うん」

「こんな夜中にどうしたのさ」

「……別に」

さりげなく手をほどいても気にする様子もなく、真っ白い歯を誇示するように笑う。

「アイス買ったんだ？　あたしも眠れなくてアイス買いに来たの。ちょっと待ってて」

テンション高く店に飛びこむ彩夏。

学校に行かなくなってから、しばらくの間はプリントを届けてくれたり、様子を見に来てくれていたけれど、私は一度も会わなかった。

久しぶりに会ったせいか、前よりも少し大人っぽく見える。時間が止まっているのは私だけで、彩夏はもう前を向いて歩きだしている。

モワッとした感情がお腹《なか》のなかに生まれ、急速に渦巻きはじめる。ブクブクと水槽のなかで溺《おぼ》れていくような感覚から逃れたくて、早足で歩きだす。

コンビニなんて来るんじゃなかった。アイスなんてどうでもいいのに。

「待ってよ！」

アイスを手にした彩夏が慌《あわ》てた様子で駆けてくる。

「なんで先に行くの。待っててって言ったじゃん。ほんと、奈々実はマイペースなんだから」

隣を歩く彩夏は、楓のことを忘れ、悲しい気持ちも忘れ、生命力に満ちあふれている。まぶしくて見てらんない。

「テスト対策のＬＩＮＥ見てくれた？」

「ああ、うん……」

「西方、まとめるのうまいからお願いしてたの」

明るい声が耳にうるさい。

「それってさ……」

足を止めると、彩夏は「ん？」とうれしそうに首をかしげた。

「私にお礼を言わせたいの？　どうしても学校に来させたいの？」

ゲームの敵キャラみたいに、みんなが私を攻撃してくる。そんな気がしていた。

「違うよ。あたしはただ奈々実が――」

「楓が死んじゃってまだ半年だよ？　なんでそんな普通にしてられるの？」

会わなければ友情は薄れていく、とお姉ちゃんは言っていた。その定義に基《もと》づくなら、私と彩夏の関係性も同じだ。

「結局、彩夏にとって、楓はただの友だちのひとりにしか過ぎなかったってことだよね？　でも、私は違う。なにも変わってない」

「あたしだって同じだよ。楓は大切な友だちだし、奈々実だってそう」

「私は……」ヘドロみたいな醜《みにく》い感情が、喉元へ一気に沸きあがってくる。

「私はもう友だちとは思ってない。ＬＩＮＥとかも、もうしなくていいから」

ひどい言葉を投げたのに、まだ彩夏は口元にわずかな笑みを残している。

「それは無理。少しでも奈々実とつながっていたいからＬＩＮＥはやめない」

「じゃあブロックする」

これ以上傷つけたくないのに、冷たい言葉ばかり放ってしまう。

「ブロックはきつい。どうしても、って言うなら仕方ないけど、手紙はちゃんと読んでよね」

突然出たワードに眉をひそめると、彩夏は『やっぱりね』という表情を浮かべた。

「『幸せを届ける黄色いポスト』のこと。ほら、十年後の私たちに手紙を出し合ったじゃん。ポストに入れた日からちょうど十年後に届くんだよ」

「覚えてるよ。でも……もう意味がないし」

「なんでよ。三人の約束でしょ」

腰に手を当てた彩夏が「それに」と人差し指を立てた。

「あの日の約束だけはちゃんと守ってよね」

「……約束って?」

「見たら思い出すよ。じゃあまたね」

笑みだけ残し、彩夏は夜を駆けていった。

そういえば、なにか約束をしていたような気がする。なんだったっけ……？

でも、どんな約束だって楓がいないことには変わりはない。

彩夏は最後まで笑っていたけれど、きっと私の言葉に傷ついている。長いつき合いだからわかること。

勇者だったはずなのに、今の私はまるでモンスターだ。

ななみちゃんへ
10ねんごの7がつ20にち　こうえんであおうね
あやか

ゲーム内にあるカフェは、『経験値十倍キャンペーン』のせいで普段以上に混んでいた。Ｗｉ－Ｆｉの電波が二階には届きにくく、こういうイベントがあると動きがカクカクしてしまう。夕飯の時間になるから一度退出しようか。

カフェを出ると、ケデアが噴水の前に立っていた。すかさずチャットの画面が開く。

『こんにちは　こんばんは　レベルあげつき合ってよ』

『もうすぐご飯だからムリ』

『つれないやつだ笑笑笑』

何度断っても誘ってくるケデア。彩夏も同じで、あんなことを言ってもまだメッセージを送ってくる。結局ブロックはしないまま、既読無視を続けている。

ケデアは長い耳をピクピクと動かし、『なあ』と言った。

『まだカエデを待ってるの？』

『うん』

『ミツキってすげえな　忠犬ハチ公みたい』

『それって褒《ほ》めてないし』

『褒めてない　でもある意味カッコいい』

『実際はダサいよ　ただの引きこもりだし』

ここで現実世界の話をするのはタブーだけど、ケデアとはたまに話すことがある。聞いたことはないけど、同じ受験生だということは会話からわかった。中三か高三のどちらかだ。

『違う　メシを家族と食ってる　コンビニにも行けてる　自称引きこもりってレベルだろ』

つっけんどんな言い方のケデアに、少しだけ胸が軽くなった気がした。

『例の手紙のことわかった？　二十日《はつか》ってもうすぐだよな』

ケデアには、昔の友だちから手紙が届いたことを話している。

『どこの公園なのかわかんないんだよ　うちの近くってやたら公園ばっかりあるから』

楓とは図書館ばかり行っていて、あまり公園で遊んだ記憶がない。うちの近くの公園はいくつかあるけれど、そのどれなのかさっぱりわからない。あと、時間も不明だ。

『当日は朝からチャリで爆走だな笑笑笑』

『その可能性大　ご飯だから落ちるね』

画面を切ってから、ため息をひとつこぼす。

先週届いた手紙は、あれからずっと机の上に置いたままだ。

彩夏に聞けば約束の場所がどこなのかはわかるだろうけれど、さすがに気まずい。それに、公園と時間がわかったとしても、楓が来ないんじゃ意味がない。

十九時になるのを待って下に降りると、すでに食べはじめていたお父さんがチラッと視線を送ってきた。気づかないフリで食卓につく。

今夜のメニューはトンカツとサラダと味噌汁。

支度《したく》を終えたお母さんが不機嫌なことは表情だけでわかる。期末テスト初日である今日、学校を休んだことを怒っているのだろう。

早食い競争みたいに口に放りこんで食事を進める。味なんてどうでもいい。ただ息を続けるために、栄養を取り入れるだけの作業をこなしていく。そうしないと、防御力の弱い私は、あっけなくお母さんの攻撃にやられてしまうから。

お母さんがカシャンと音を立てて箸《はし》を置いた。戦闘開始の合図だと身構える。

「なんで休んだの？　テストは受けてって言ったよね」

なにも答えてはいけない。お母さんでは生きている世界が違うから。

お父さんは聞こえないフリでテレビに目をやっている。お母さんが怒るときは無関係だと言わんばかりに毎回そうしている。

「いつまで休んでるつもりなの。進路希望の面談すら行ってくれないし、テストも受けない。勉強はどうするのよ。高校は？　その先は？　もういい加減にしてよ！」

しゃべりながら徐々にヒートアップするのがお母さんの特徴。

「楓ちゃんが亡くなったことはお母さんだって悲しいの。でも、そのせいで学校に行けてないことを楓ちゃんが知ったらどう思う？」

そんなのキレイごとだ。楓はもういないし、現実世界に、復活の呪文やアイテムはない。

お母さんの視線が隣に向いた。

「あなたからも言うって約束したわよね？　なんで嫌な役目を押しつけるのよ！」

「約束なんかしてない」

だるそうに答えるお父さん。気持ちはわかるよ。お母さんはいつだって一方的に約束を押しつけてくるから。

「じゃあどうするのよ！」

最悪の展開のなか、リビングのドアが急に開いた。ひまわり色のワンピースを着たお姉ちゃんが、「マジで？」と場の空気を読まずに笑う。

「奈々実の前でケンカとか、ありえないんだけど」

棚からグラスを取り、私の隣に座ると麦茶を注ぐ。

「なによ、急に帰ってきて……」

「奈々実に用事があっただけだから。別にお母さんに会いに来たわけじゃないし」

お母さんの顔は真っ赤に、お父さんの顔は真っ青になった。

お姉ちゃんは、空《から》になりかけた私のお皿をチラッと見てから麦茶を飲み干した。

「もういいでしょ。部屋に行こうよ」

「待ちなさい！」

強引に私の腕を取るお姉ちゃんに、お母さんが叫んだ。

「まだ話は終わってないの。話ならここでしなさい」

なんでいつも怒ってるのだろう。なんで私の気持ちをわかろうとしてくれないのだろう。

お姉ちゃんは「ふうん」とうなずき、私に手のひらを出した。

「じゃあここでいいや。手紙ってどこにあるの?」

今日あたりに来るだろうという予感はしていた。ポケットから手紙を取り出すと、お姉ちゃんは感嘆《かんたん》の声をあげて受け取った。

「やっぱり届いたんだね。ひょっとして読んだ?」

「読んでない」

「読めばいいのに。私なら勝手に読むよ、確実に」

そう言うと、あんなに親に知られたくないと言っていた手紙を開封しはじめた。戸惑《とまど》う私に、お姉ちゃんは一緒に見られるように体を寄せてきた。

こんにちは。十年後の私は元気ですか?

私は今、小学五年生です。

クラスにたくさん友だちがいます。

学校は楽しいけれど、家は楽しくありません。

本当のことを書くと、お母さんに勉強のことばかり言われるのがイヤです。

早く家を出てひとり暮らしをしたいです。

そのときは奈々実もいっしょに連れて行きます。

りょうより

「え……」

ぽかんとする私に、お姉ちゃんはいたずらっぽく笑った。

「これ見られちゃマズいでしょ?　十年間ずっと気が重かったんだよね」

お姉ちゃんは優等生で、親の言うことをしっかり聞いていた。まさかこんな風に思っていたなんて、意外すぎて言葉が出てこない。

「なによそれ」

お母さんの問いに、あろうことかお姉ちゃんは便箋《びんせん》を「はい」と渡してしまった。

「十年前の私が出した自分宛ての手紙。お母さん、奈々実の手紙を書くの手伝ってたよね？　実は私もこっそり書いてポストに入れに行ったんだ」

手紙を読むお母さんの目が大きく見開かれた。

「嘘でしょう？　なんでこんなひどいことを……」

「勘違いしないで。今はこんなこと思ってないよ。それに、子育てしながら働くのって大変だ、ってバイトをして初めて少しわかったの。お父さんは家事とかまったくしない人だし」

お父さんがうめくのを横目に「でも」とお姉ちゃんは続けた。

「このときは本気で逃げたかった。口を開けば勉強のことばかり。テストの点数がよかったとしても、褒めるどころか、さらに上を求められてばかりだった。本気で苦しかったんだ」

絶句するお母さんの顔をお姉ちゃんはまっすぐに見つめている。

「きっと奈々実も同じように思ってた。ううん、今も思ってる。だから、私迎えに来たの」

意味がわからないというようにお母さんも私を見た。怒りと悲しみに満ちた表情だ。

「ここに書いてある約束を果たしに来たの。この家が嫌ならさ、浜松においでよ。リビングで寝てもらうことになるけど、ここよりはマシかもよ？」

いたずらっぽい目で笑うお姉ちゃんに、

「ちょっと！」と、お母さんが怒鳴った。

「なによそれ。そんなこと認めるわけないでしょう!?」

「いい加減にしろ！」

お父さんが加勢してもお姉ちゃんは動じない。まっすぐにふたりを見返した。

「そういうとこだよ。不登校の原因は、だいたい家庭にあるんだって」

飄々《ひょうひょう》と言ってのけるお姉ちゃんの腕を思わずつかんでいた。お姉ちゃんはその手に自分の手を重ねる。

「ふたりの気持ちはわかるけどさ、この子、かわいそうじゃない。治癒力《ちゆりょく》がないのに攻撃ばっかりされてさ」

「りょう！」

「大切な友だちだった楓ちゃんが亡くなったんだよ？　なんで奈々実の悲しみに寄り添ってあげないの？　なんで奈々実が生きているだけで幸せだって思えないの？」

ぐにゃぐにゃに思考がこんがらがっている。

「……もうやめて」

「奈々実もちゃんと考えな。学校なんてどうでもいいし、高校だって通信制に行けばいいんだから。とにかくあんたが生きていることが大切なんだよ」

涙がこぼれ落ちた。わかってくれたうれしさと同時に、親への申し訳ない気持ちがあふれ出す。情けなくて消えてしまいたくなる。

「ごめんなさい。私が、私がちゃんとできないから……」

「できなくてもいい。でも、問題から目を逸《そ》らしちゃダメ。今度はお母さんが話す番だよ」

涙でゆがんだ視界の向こうで、お母さんが歯を食いしばっているのが見えた。

「……私は」

そこでいったん言葉を区切ったあと、お母さんは深いため息をついた。

「勉強をあまりしない子どもだったの。おばあちゃんもうるさくなかったし、学生時代は遊んでばかりだった。大学に行こうと思ったときにはもう遅くて、実家から通える大学で入れるところがなかったの。そのことをずっと……今でも後悔してる」

聞いたこともないほど低い声だった。

「つまり、お母さんは私たちに同じ失敗をさせたくなかったってこと？」

お姉ちゃんの問いに、お母さんは体を小さくしてうなずいた。

「必死だった。でも、あなたたちにつらい思いをさせていたなら……ごめんなさい」

お母さんは大学を出てると思いこんでいたから驚いてしまう。

「なるほどね」と、お姉ちゃんが私を見た。

「じゃあ奈々実。今度はあんたが答えを聞かせて。お姉ちゃんとこ、来る？」

懇願《こんがん》するようにお母さんは潤《うる》んだ瞳で私を見つめている。隣でお父さんは眉間《みけん》に深いシワを寄せている。私は……私は。

「楓のことが忘れられない。勉強とか学校のこととか考えられない。でも、ここに……いる」

「わかった。じゃあ今日は帰るから、見送りだけしてよ」

言うや否《いな》やお姉ちゃんは立ちあがる。

「お母さん、さっきの手紙は十年前のことだからね。今では感謝してるから」

そう言うと、さっさとリビングを出ていってしまった。おそるおそる席を立つけれど、目の前のふたりは微動だにしなかった。

「りょうちゃん」

「ほら、おいで」

玄関に行くと、靴を履《は》いたお姉ちゃんが私の手を取った。

外に出ると、夜だというのにセミが鳴いていた。

「余計ややこしくしたならごめん。でも、気持ちは言葉にしないと伝わらない。あんたも言いたいことがあるなら、ちゃんと言える勇気を持つこと。ね？」

やさしくこちらを覗《のぞ》きこんでから、お姉ちゃんは空を見あげた。

ぽっかりと浮かぶ月が降らせる光が、心のわだかまりを溶かしていくようだ。

「お姉ちゃん、ありがとう」

素直な気持ちをそのまま言葉にするのって、こんなに気持ちがいいことなんだ……。

「十年前からの手紙、効果抜群だったね」

クスクス笑うお姉ちゃんを見て思い出す。

「私にも十年前から手紙が届いたんだよ」

「彩夏ちゃんからの手紙？　へえすごい。なんて書いてあったの？」

「それがよくわからなくて。七月二十日に公園で会うんだけど、どこの公園かわかんなくて」

公園がどこかわかっても、私は行かないだろうけれど。

楓のことを忘れて生きる彩夏と私の間には、絶対に越えられない深い川が流れている。思い出話をしたとしても、彩夏にとってはぜんぶ過去のこと。

それを知ったら、今度こそ彩夏との関係は壊れてしまう。二度と元に戻れなくなる。

「公園なんて簡単じゃん」

お姉ちゃんがあっさりとそう言ったので、「ぬ」とヘンな声をあげてしまった。

「え、本当に？」

「まさか、本当に覚えてないの？」

私以上に驚いた顔のお姉ちゃんが、スマホを取り出してなにか操作しはじめた。

「十年前の話でしょ？　覚えてるよ。公園でヘンなことしてたもん」

「ヘンなこと……？」

頭のなかに緑色の風景が浮かんだ。高台のような場所に立っていた記憶。思い出そうとしても、それ以上なにも浮かばない。

お姉ちゃんが「あったあった」と画面を見せてきた。

「このイベント、もともとはあんたたちがやってたヘンな遊びが発端《ほったん》だって知ってた？」

【茶畑の中心で愛を叫ぶ！】

普段は言いにくい家族や友人への愛や、未来の家族へのプロポーズ。大切なことや、大好きなまちへの思いなど、萌黄色《もえぎ》に輝く茶畑に向かって叫ぶ交流イベント。茶畑と菊川市民が「聞く側」となり、どんな叫びも受け止める、楽しさいっぱいのイベントです！


画面には、口に手を当てて叫んでいる女の子の写真が掲載されていた。

茶畑……？　叫ぶ……？

脳裏に彩夏が大声で叫んでいる映像が浮かんだ。

「あっ……ひょっとして中央公園？」

「そうそう。菊川中央公園の高台から茶畑に向かって叫ぶってやつ。高校の帰りにあんたたちが叫び合ってるの見て、めっちゃ恥ずかしかったからよく覚えてる」

住宅街を抜けたところにある、山に沿って作られた公園にたまに行っていた。彩夏が親に怒られたときに高台からひとしきり文句を叫び、それがしばらく三人のブームになった。

「私たちがきっかけなの？」

「主催者の人がインタビューで答えてたのを見たけど、『昔、小学生くらいの子たちが遊びでよく叫んでたのを見てピンときた』って。絶対あんたたちのことだよね」

どんどんあのころの記憶が脳に流れこんでくる。

彩夏があんまりにもスッキリしてるので、私も真似して叫んだ。たしか楓も同じように。

スマホのバックライトが消えると、過去の記憶も同時に消えた。

「私なら行くけどね」

なにも言ってないのに、お姉ちゃんがそう言った。

「だって楓ちゃんも同じ約束をしてるんでしょう？　きっと魂だけは来てくれるし、友だちとの約束は守りたいし」

なにも答えない私の肩を「ていっ」と叩いてきた。

「当日までしっかり考えなさい」

そう言って、お姉ちゃんは帰っていった。

またふわりと過去の映像が浮かぶ。三人で話し合って、十年後の自分たちに手紙を書くことにした。あの公園の高台に集まって、もう一度叫ぼうって……。

そうだ、その日は日曜日だった。時間は午後二時。日曜日に遊ぶときはいつもその時刻に集まっていた。

「楓……」

その場でしゃがむと、向かい側の家の屋根が月を隠した。

二度と会えない悲しみを上塗りするのが怖い。もっと孤独を感じるのが怖い。

ごめんね、楓。約束を守れそうもないよ。

言い訳のようにつぶやき、家のドアを開けて月から逃げた。

『俺なら行くけどな』

ケデアはいつものように耳をピクピク動かしている。

いつものカフェはイベントが終わったこともあり、閑散《かんさん》としていた。

約束の場所に行かないと決めたのに、日が近づくにつれてモヤモヤした気持ちが大きくなっていった。

お母さんはあの一件以来、おとなしい。朝も起こしに来なくなった。

『公園に向かって歩くだけ　簡単なことだろ』

そっけないケデアに、相談するんじゃなかったと後悔しはじめている。

やっと楓とリア友だったことと、彼女が亡くなったことを告白したのに、対応が塩すぎる。

そうだよね。結局人なんて、自分の身にふりかかってこないことは他人《ひと》ごとでしかない。ネットニュースに載《の》ってる悲しいニュースは、違う世界――そう、こんな風にゲームの世界で起きていることのように感じるんだ。

『行きたい気持ちはある　でも行けるかどうかわかんない』

最近は少しだけ、素直な気持ちを表に出すことができるようになった。

ケデアは優雅に紅茶を飲んだあと、立ちあがった。

『いいんじゃない　ミツキが思ったままで』

『え？』

『だって俺らの人生って九十歳くらいまで続くんだぜ　一年や二年立ち止まってもいいんだよ　無駄にした時間はすぐに取り返せるさ』

思ってもみない言葉だった。チャットを読み返していると、またケデアがしゃべった。

『でもひとつだけアドバイスさせてくれ　相手を理解することから逃げないこと　それが自分を理解することにつながるから』

『自分を理解?　よくわかんない』

素直にそう言うと、ケデアはまた耳を動かした。

『そんなミツキにこれをあげよう』

ピンク色の液体が入った三角フラスコが表示された。『勇気ドリンク』と呼ばれているアイテムで、戦闘中に飲めば勇気の値《あたい》が上昇し、先制攻撃しやすくなるというもの。

『飲めば勇気が出る　相手を理解するためには自分の感情を言葉にしないとな　そうすればきっといろんな感情を共有できる　よろこびも悲しみも』

理解したってなにも変わらない。だって楓はもういないから。

返事を打てずにいると、ケデアの言葉がチャット欄にまた表示された。

『約束の場所に行ったたってカエデには会えない　でも行かないと後悔する　これを飲めば勇気が出るさ』

なんだかお姉ちゃんに諭《さと》されている気分だ。

公園に行く……。考えるだけで足元が崩れそうになるほどに怖い気持ちはまだある。

もらった『勇気ドリンク』を飲んでみようとしたけれど、『この場所では使えません』という表示が、また私を邪魔した。

日曜日は雨だった。

期末テストがすべて返却されたらしく、まとめて彩夏がスクショで送ってくれたので、自分なりに解いているところ。今回は彩夏も苦戦したのか、赤点がいくつもある。

問題を読んでもちっとも頭に入らない。時刻はもう十三時を過ぎている。雨なので早めに家を出ないと、菊川中央公園に間に合わない。

下に降りると、お姉ちゃんがキッチンで珍しく料理をしていた。

「また終電逃しちゃってさ」

聞いてもいないのに、お姉ちゃんが説明した。

お母さんの向かい側の席に着くと、お姉ちゃんが麦茶を持ってきてくれた。そうだ、お父さん、今週は出張だったたっけ……。

具がキャベツと肉だけのシンプルな焼きそばが運ばれてきた。しばらくは黙々と食べる。

ゴホン。咳払《せきばら》いに顔をあげると、お母さんが右手を口に当てて、なぜかお姉ちゃんのほうを窺《うかが》ってから私に視線を向けた。

「奈々実。あの、ね……」

いつもの強い口調じゃなく、ためらっているのか声が小さい。

「お父さんとお母さん、話し合ったの」

「……なにを？」

「中学のこと。行けるようになるまでは休んでいいから」

思ってもみない発言にお姉ちゃんのほうを見るが、黙々と焼きそばを食べ進めている。

「高校は通信制のところにしたらどうかな、って。もちろん行きたくないなら仕方ないし、就職するのも手かもしれない。まあ、お母さんとしてはできれば高校は――」

「お母さん、そこまで」

お姉ちゃんの言葉に、お母さんはハッと体を揺らした。

「そうよね。ええ、強制はしない。奈々実の心に寄り添ってあげられなくてごめんなさい」

お姉ちゃんが監督のようにうんうんとうなずいたあと、今度は私を見てきた。

目が言ってる。今度は私が話す番だ、と。

麦茶を飲んだ。グラスを置きかけてから、もうひと口飲む。

「申し訳ないって……思ってる。自分でもどうしたらいいのかわからなくて……。でも変わりたいって思ってる。だからもう少しだけ待っててほしい」

「奈々実……」

鼻を啜《すす》るお母さん。ほほ笑んでいるお姉ちゃん。

……ずっと孤独だと思っていた。だけど、みんなそれぞれのやり方で見守ってくれていたんだ。

お母さんやお姉ちゃんだけじゃない。誰よりも彩夏は私をあきらめずにいてくれた。

それなのに私は、メッセージをスルーするだけじゃなく、会っても冷たい態度を取ってしまった。

……彩夏に会いたい。会って、これまでのことを謝りたい。

時計の針は一時四十分を指している。

「ごめん。ちょっと……出かけてくる」

「行ってらっしゃい」

お母さんよりも先にお姉ちゃんが答えた。

急いで玄関へ向かう。けれど、一歩進むたびに、湧きあがったはずの勇気が消えていくような感覚になる。

靴を前にし、そこでフリーズしたように動けなくなってしまった。

彩夏に会うということは、楓がいないことを認めることになる。そのことを考えるだけで足元から恐怖が這《は》いあがってくる。

「奈々実」

ふり向くと、お姉ちゃんが私の背中を軽く押した。

「公園に行くんでしょ？　ほら、車で送ってあげるから靴を履《は》いて」

お姉ちゃんは車のカギを指先でくるんと回した。

ゆるゆるとしゃがんだけれど、指先が震えてしまい靴がうまく履けない。

「どうしよう……。彩夏には会わなくちゃって思う。でもそこに楓はいない。楓には会えない。それが怖くてたまらない……」

先に靴を履いたお姉ちゃんがドアの前に立ち、ニッと笑った。

「大丈夫だよ。そのために『勇気ドリンク』があるんでしょ」

「え……？」

なんて言ったの？

ポカンとする私を置いて、お姉ちゃんはドアを開けて出ていった。


お姉ちゃんの運転する車は、まるでジェットコースター。

右へ左へ曲がるたびに、体がふりこのように揺れてしまう。

「りょうちゃん、答えて。さっき言ってたのって『ノベルワールド3』のことだよね？」

「悪いけど免許取り立てなの。事故りたくないから黙ってて」

「でも、なんで……」

「ウインカーは交差点から三十メートル手前。一時停止は三秒間停車。いち、にい、さん」

ダメだ。たしかに今話しかけたら自分の身に危険が及びそう。

けぶった街を抜けると、左側に狭い道が現れる。そこをのぼれば菊川中央公園の駐車場だ。

ズキンと胸が大きく跳ねた。

車が停車すると、一層雨の音が大きく耳に響いた。

「『勇気ドリンク』って言ったよね？　ひょっとしてりょうちゃんが――ケデアなの？」

だとしたら最悪だ。お姉ちゃんがケデアだったら立ち直れない。ましてや楓のことまで話してしまった。落ちこむよりもムカムカした感情がこみあげてくる。

「ケデア？　ああ、ゲームのキャラ名のことでしょ。私がゲーム嫌いなの知ってるでしょ。あんなのやるくらいなら、その時間を使ってバイトするし」

「でも……」

「彩夏ちゃんだよ」

ザーッと激しい雨の音が空間を満たした。

「あんたを励ましたくてゲームをやってるんだって」

ほら、と後部座席から黄色いカサを取り、渡してきた。

「彩夏ちゃんに会う、って決めたんでしょ。別に元気な顔を見せなくてもいいから、そのままの奈々実で会ってきなさい」

それは彩夏に？　それとも楓に？

車のドアを開けてカサをさした。カサが変形するほどの強い雨に負けそうになりながら坂道をのぼる。

右手に小さな高台が見えてくると、青色のカサが見えた。

彩夏が青色で、私が黄色、楓は赤色。雨の日は信号機を模して並んで歩いたよね。

ふり向いた彩夏が「ああ」と胸をなでおろした。

「来てくれなかったらどうしようかと思ってた」

なにも言えない。どんな言葉を口にしても、雨音に消されてしまいそうで。

「覚えてる？　ここから茶畑に向かって叫びっこしたよね。それが今ではイベントになってるんだよ。あれ、絶対あたしたちが叫んでるのを見た人がパクったと思わない？」

クスクス笑う彩夏。会って謝ろうという気持ちは、もうない。彩夏がケデアだったという事実に打ちのめされている。

楓との思い出の場所に来ることも、彩夏にとっては日常におけるイベントのひとつなんだ。

「なんで……笑っていられるの？」

低い言葉が勝手にこぼれた。

「もう楓はいない。なのになんで笑っていられるの？　なんで普通にしていられるの？」

楓なら一緒に泣いてくれた。楓なら黙ってそばにいてくれた。

「ゲームにまで進出してきて、なんにも知らないフリで私に接して……！」

もうダメだ。これ以上ここにいたら今度こそ彩夏との関係が終わってしまう。

「……来るんじゃなかった。結局、彩夏にとって楓はそれくらいの存在だったって――」

「違う！」

雨を裂くようにその言葉が耳に届くのと同時に、彩夏が私の胸ぐらをすごい勢いでつかんできた。彼女のカサは地面に落ち、青い花を咲かせた。

「あたしだって悲しい。悲しくて悲しくてたまらない。だって、楓が死んじゃったんだよ!?」

私のカサもその勢いに飛ばされてしまう。

それでも彩夏は、私を持ちあげるくらいの力で胸ぐらをつかんでくる。

「自分のことなんかどうでもよかった。ただ奈々実を元気づけたかった。あたしたちは、あたしたちは……ずっと三人だったから！」

　彩夏の頰にこぼれているのは雨じゃない。顔をゆがめながら涙をボロボロ流している。

　手を放した彩夏が「ごめん」とうつむいた。

「あたしバカだからさ、明るくしてるしかなかった。毎日必死でやり過ごして、楓がもういないことを忘れたかった。奈々実と一緒に乗り越えたかった」

　体を冷やしていく雨に反し、胸が熱くなっていく。抑えていた悲しみが一気にこみあがり、涙が頰にこぼれていく。

　悲しみを見ないようにした彩夏。

　悲しみの雨に打たれ続けた私。

　向き合い方は人それぞれなのに、自分だけが悲しいと思い続けていた。

　自分の感情を言葉にしてくれた彩夏に、私も本当の気持ちを伝えたい。

「ごめん。彩夏……ごめん。私、どうしていいのかわからなくて。どうやって元気になればいい……いい、のか……」

「言わなくてもわかってるって」

　彩夏がギュッと私を抱きしめてくれた。

「彩夏……」

びしょ濡れのまま、私たちは声をあげて泣いた。泣いても泣いても悲しみが、まだ体に、心に、この場所にへばりついている。

受け入れるしかないのかな。もう楓が亡くなったことを受け入れるしかないのかな……。

ひとしきり泣いたあと、彩夏は高台の手すりへと向かった。

「今日、楓のおばさんも来てくれるはずだったんだ」

「おばさんが？」

鼻を啜《すす》りながら尋ねると「うん」と彩夏がふり向いた。

「でも、あたしたちだけで会う約束だったし、断った」

「そうだったんだ……」

手すりに近づくと、晴れていれば緑がきれいな茶畑も雨のせいでうっすら見える程度。

世界が泣いている。楓と本当にお別れする日がきたんだと、泣いている。

口元に手を当てた彩夏が、

「おーい！」

とびっくりするほどの大声を出した。

「楓、聞いてる⁉　十年前に約束したとおりここに来たよ！　今、一緒にいるんだよね⁉」

叫んだあと、間髪《かんはつ》をいれず彩夏は大きく息を吸いこんだ。

「ここでよく叫んだよね！　いるなら聞いて！　あたし、まだ楓がいないことが苦しい！　苦しくてたまんない！　友だちがいなくなるって、こんな苦しいんだね!!」

手の甲で涙と雨を拭《ぬぐ》った彩夏が、大きく息を吸いこんだ。

「でもがんばるから！　楓のぶんもがんばるから……だから……」

雨に負けるように小さくなる声。

ああ……やっとわかったよ。学校に行けなくなったのは、楓が亡くなったせいだけじゃない。心を閉ざしたせいで、自分の気持ちを言葉にしなくなった。周りの人の言葉に耳を貸さなくなった。いろんなことから逃げようとしていたんだ……。

私も……私も楓に伝えたい。

「楓！　私はまだがんばれない！　でも、でも……少しずつでもがんばるって約束する。だから、私と彩夏のこと、見守ってて！」

彩夏の肩を片手で抱き寄せ、私は叫ぶ。

「大人になって、いつかおばさんになって、おばあちゃんになる！　そのあと、また三人で会えるよね！」

「約束だからね!!」

その場にふたりで崩れるように座りこんだ。

悲しみよ、雨に溶けてしまえ。地面に流れ出てしまえ。

さんざん泣いているうちに、いつの間にか雨は小降りになっていた。

まだ青空には遠いけれど、この世界を私は生きていこうと思う。楓に誇れるように、彩夏を励まし、励ましてもらえるように。

手すりにもたれ、あまりの惨状に私たちは笑い合った。

「そういえば、ケデアだったんだね」

「しょうがないじゃん。奈々実がちっとも話をしてくれないから」

「だね。本当にごめん」

「まあ」と彩夏が空に顔を向けた。

「ふたりが熱中してたのも理解できた。ゲームも案外楽しいもんだね」

うなずく私に、彩夏は照れたように笑ってから、「あ」となにか思い出したように足元にあった小枝を手にした。

「そういえば気づいてた？　ケデアってローマ字で書くとこうでしょ」

ＫＥＤＥＡと土に書くのを見て気づいた。

「あ、これってカエデのアナグラム？」

「そうそう。名前決めるときに入れ替えてみたんだ」

大声を出したせいで、彩夏の声はガラガラになっている。

「カエデはケデアよりもっともっと強かったよ。今度レベルあげ、つき合ってあげるね」

「あ、やっとOKしてくれた。約束だからね」

指切りをしてから立ちあがると、さっきよりも茶畑が緑色を濃くしていた。

雨はまだやまないけれど、この世界を生きていこう。

長い人生の先で待っていてくれる、楓のために今、その一歩を踏み出そう。

友田楓さま

今日から楓に手紙を書くことにしました。

ポストに投函することはないけれど、十年前の手紙が届くくらいだし、いつか亡くなった人に手紙を出せる企画があったなら出してみようかな。


昨日、久しぶりに学校に行ったんだよ。

終業式だから、なんとか行けるかなって。
教室につくなり、彩夏が号泣。周りの子もやさしかったよ。
男子は遠巻きに見てるだけだったけれど。

夏休みは補習ざんまいになる予定。
ストレスが溜まったら、またあの高台で叫ぶから聞いてね。
二学期からちゃんと行けるかどうかはまだ約束できない。
だってこの手紙を書いてても、やっぱり楓のことを考えてしまうから。
でも、一緒に悲しんでくれる人がいることを私はもう知っているから。
たまに立ち止まったり、うしろ向きに歩いたりもすると思うけど、私はきっと大丈夫。

いつか私の人生を話す日まで、そこで待っていてください。
また会おうね。

大切な友だちへ
小笠奈々実より

5 明日からの十年を

小沢美穂《おざわみほ》（三十八歳）

棚田《たなだ》のオーナーになろう、と大地《だいち》が提案したのは結婚十周年の夜のことだった。

周年のお祝いはいつも駅前の鉄板焼き店でしていたのに、まさかの店長の体調不良で臨時休業となり、急遽《きゅうきょ》家ですることになった。

大地の好きな唐揚げ、私の好きなブロッコリーサラダ、ふたりでは大きすぎるホールケーキもある。洋菓子店でケーキを受け取るとき、若い店員から『おめでとうございます』と丸い声で言われ、逃げるようにして帰ってきた。

「棚田って、山のところにあるやつ？」

頭にハテナマークを浮かべる私に、大地は「そう」と興奮気味にうなずく。

「『せんがまちの棚田』のこと。全部で五百以上の田んぼがあるんだ」

家から車で十分ほどの山の傾斜面に、すり鉢状の田んぼが並んでいる。何百ものモザイク模様に広がる田んぼは、メロンの皮の模様に似ている。夏は段々に並ぶ緑色の稲が合唱するように揺れ、秋になれば金色の穂を実らせているのを何度か見かけた。

「オーナーになるって、まさか購入するっていう意味？」

「ひと区画のオーナーになる権利をレンタルできるんだって。美穂と一緒にやってみたいなって思って」

大地はずっと少年のまま。大学のゼミで初めて会ったときと変わらずキラキラした目をしている。大地という名前もどこか少年をイメージさせる。

背は高くないし、顔はあっさりとした塩顔。笑うと目が曲線を描き、やわらかい髪によく似合っていた。なんにでも興味を持ち、サークルをいくつも掛け持ちしていたせいで、最初のデートの帰り道は電車で眠りこけていた。

「でも、田んぼとか借りても私、手伝ったりできないよ」

東京育ち、というステータスが効いたのは大学生まで。大学を卒業し、三年後のプロポーズを機に菊川市《きくがわし》へ越してきてからは、むしろ出身地を隠したほうがスムーズにいくことのほうが多い。けれど、農作業となると話は別。やり方がわからないのは大前提として、虫やカエルの類《たぐい》が苦手な私にできるはずがない。

「あくまでオーナーだから作業はほとんどなし。草むしりとかは有志だし、棚田でやるイベントにも参加できるんだって」

結婚を機に大地の実家に入った。義父と義母は気さくな人で、転職先である工場のスタッフも親切な人ばかり。

けれど、結婚して五年後の夏に義母が亡くなり、翌年の夏には義父もあとを追うように亡くなってしまった。そのうちできるだろうと思っていた子どももできず、去年のお盆明け、出勤したら『倒産のお知らせ』の紙が閉ざされた門に貼ってあった。

夏にはよくないことばかり起きている気がする。

嫌だな、やりたくないな。そう思ったのも無理もないことだろう。

「日曜日にふたりで棚田を眺めてのんびりするのもいいんじゃない?」

「大地はのんびり過ごすことができない性格でしょ。こないだだって、せっかく美術館に行ったのにすぐに飽きちゃって、最後は徒競走みたいになってたし」

無自覚だろうが、『やり終える』ことを目標にしているような人。過程を楽しむよりもご飯は食べ終えること、旅行は家に帰ってくること、一日はベッドに入ることを目指している。

「絵ってよくわかんないんだよ。でも、田んぼなら季節ごとに景色も変わるし、ゆったりとした時間が過ごせるはず」

自分に言い聞かせるような口調だ。私としては、田んぼじゃなくても季節ごとに景色は変わると思うんだけどな。

乗り気でないことが伝わったのか、大地は上目遣《うわめづか》いで見てくる。人から頼みごとをされると断れない性格を知ってるくせに、お願いごとをするときは決まってこのポーズを取る。いや、知っているからこそしているのか。

聞こえるようにため息をつき、パンフレットを引き寄せた。

階段状に並ぶ田んぼ。いちばん上の田んぼに割り当てられたら、たどり着くまでに辟易《へきえき》しそう。棚田をバックに、オーナーと思わしき人たちが楽しそうに笑っている集合写真が載《の》っている。一区画のオーナーになれば、毎年お米とお茶がもらえるそうだ。値段も相当に安い。

「とりあえず一年だけやってみる?」

そう言うと大地は、「おー!」と雄たけびをあげた。

「早速申しこむよ。農作業は俺がやるから、収穫のときはお弁当を持って出かけよう」

さっき有志だと言ったばかりなのに、やっぱりやることはあるんだ。でも、大地のことだから収穫を目標に精を出すだろう。

苦笑していると、風が窓ガラスを揺らした。平屋建てのこの家は築四十年。旅館ができるほど部屋数が多く、庭も駐車場も広い。義父と義母がいなくなってからは余計に広く感じる。

「じゃあ、今度は私のお願いも聞いてくれる？」

「いいよ。なんでも言って」

ほくほくと顔を上気させる大地の表情は、これから私が言うことで曇ってしまうだろう。

「この一年、パートで働いてるでしょう？　そろそろ転職をして、正社員で働きたいの」

「いいんじゃない。俺も家事を手伝うよ」

なんだそんなことか、と大地は表情を緩《ゆる》めた。

「ほかにも決めたことがあってね」

「うん」

「妊活をやめようかなって」

「うん。……え？」

きょとんとした顔をしてすぐに、大地は「うん」とうなずいた。

「美穂がやめたいならいいよ」

「ごめん」謝らないと決めていたはずなのに、あっさりと口にしてしまった。

「やめたいわけじゃないけど、もう三十五だし」

違うな。今どき四十歳を越えての妊娠は普通のこと。妊活に縛られているような気持ちが強くなり、基礎体温をつけたり食事に気を遣《つか》ったり、義務化した日々が辛《つら》くなってしまったのだ。

それに、子どもがいなくても大地とふたりなら幸せだと思えたから。

一度リセットして、できたらできたとき、というフラットな気持ちに戻りたかった。

それを伝えると、大地はまたうなずいてくれた。

「俺はぜんぜんいいよ。そのぶんふたりで旅行に行ったりしよう」

大地の言葉に嘘はない。結婚したときから『子供はどっちでもいい』と言い切っていたし、ふたりでいろんな場所へ出かけたがっていた。

「エジプトに行こうか」なんて、今もキラキラした目で言ってくる。

大地は資産運用のアドバイザーの会社を個人で経営している。菊川駅近くの『エンガワ』を事務所代わりに利用し、休みの都合もつけやすい。

「棚田は放置しててもいいの？」

「オーナーというものは、どんと構えていればいいのです」

スマホで検索をはじめる大地。棚田の申しこみをするのかと思ったが、画面に表示されているのは海外旅行のツアーページだった。

「せっかくだからエジプトとトルコを一回の旅で観《み》に行かない？　いや、それともギリシャまで足を伸ばす？　就職は旅行が終わるまで待てる？」

夏休みを楽しみにしている子どもみたい。矢継《やつ》ぎ早《ばや》に質問してくるのを見ていると、重い気持ちが霧散《むさん》するのを感じた。

「じゃあ、旅行が終わったくらいに勤務開始できそうなところを探すね」

「うし！」

ガッツポーズを作ったまま、もう片方の手で画面をスクロールしている。

急に棚田と旅行が楽しみになってきた。つき合っているころから、こんなふうに私の気持ちが落ちているときは元気づけてくれたよね。

私は幸せ者だ。こんな風にふたりで生きていけるのなら、それでいいと思えた。

大地がスマホを黄門《こうもん》様の印籠《いんろう》のごとく見せてきた。

「これいいと思わない？　エジプトナイル川クルーズ」

大地につられ、私も自然に笑みを浮かべていた。


「ねえ、ちょっと」

隣の席の柳《やなぎ》さんに声をかけられ、ハッと我に返った。

無意識に棚田のオーナーになった日のことを回想していたらしく、キーボードを打つ手が止まってしまっていた。もうあれから三年が過ぎたんだ……。

いつの間にかスクリーンセーバーが映っている画面を元に戻す。

柳さんは、明るくてお姉さんっぽい人。結婚してから十五キロも体重が増えたらしく、ダイエット宣言をしては撤回するのをくり返している。

同じ中途採用、しかも同い年ということもあり、仲良くしてもらっている。

「大丈夫？　疲れてるんじゃない？」

狭いオフィスを見回すが、事務長は席を外しているらしく、営業部の人もほとんどが出払っていて閑散《かんさん》としている。

「ランチのあとだから眠くなっちゃった」

ごまかしてみるが、最近ぼんやりしていることは自覚している。

ここに入社して二年半が過ぎ、私は三十八歳になった。工場の事務職員として採用されたものの、小さな会社なので経理や来客対応までやることはたくさんあり、最初のころは夕飯を作る元気もなかった。

今ではすっかり慣れてしまい、よほどイレギュラーなことが起きなければ残業になることも少ない。柳さんが引き出しを開け、お菓子のストックのなかから飴玉《あめだま》をひとつくれた。

「嫌だったらノーコメントでいいんだけど――」

声のボリュームを落とし、柳さんは顔を寄せてきた。

「一周忌が終わって疲れが出たんじゃない」

脳裏に浮かんだ大地の笑顔を無理やり消すように首を横にふる。

「そういうわけじゃないと思うけど……」

「まだ一年だし悲しいのは仕方ないよ。最近は仕事も落ち着いてるからさ、少し有休を使って休んだら？」

卓上カレンダーに目を向けると、いつの間にか六月も終わろうとしている。この一年間、どうやって過ごしてきたかについては思い出したくない。

困った顔で柳さんは「ああ」と続けた。

「こういう話題も嫌だよね。ごめん」

「ううん。ヘンに気を遣われるよりはうれしいよ」

上司も同僚も、大地が亡くなったことを知って以降、腫《は》れ物に触るように接してくる。家族の話が出ると、誰かが急ハンドルで違う話題に変え、それが逆に私を落ちこませた。

工場に併設されているプレハブ小屋みたいなオフィスのせいで、雨の日は屋根を叩く音が大きく聞こえる。

大地が亡くなったのは、梅雨《つゆ》のはじまりを知らせる雨の日曜日のことだった。散歩がてら棚田を見に行く、と言う大地を見送ったのが最後になった。

大地を撥《は》ねた運転手との裁判はまだ終わっていない。大地の顧客《こきゃく》からの連絡は今でもたまにある。遺産相続の手続きも途中で放置したまま。

三年前の提案を却下《きゃっか》すればよかった。棚田のオーナーになんかならなければ、今もそばにいられたのに。

いくつもの『もしも』を考えているうちに一年が過ぎた。こんなに早く時間が過ぎるのなら、おばあちゃんになって寿命を迎え、大地に会いに行きたい。

「さ、仕事に戻らないと事務長に叱《しか》られちゃう」

大地の話をしたい気持ちはあるのに、心配されるとすぐに話題を変えてしまう。

テレビで毎日のように流れる悲しいニュースは、いつだって他人《ひと》ごとだった。胸を痛めたとしてもすぐに忘れ、思い出すこともなかった。自分の身に降りかかってからは、テレビをつけることさえなくなった。

「つらい気持ち、わかってあげられなくてごめんね」

涙声になる柳さんはやさしい人。

だけど家に帰ればこのことを忘れ、家族で楽しい時間を過ごすのだろう。柳さんのご主人は最近昇格したそうだし、ひとり息子の風馬《ふうま》くんは小学二年生でまだまだ甘えん坊らしい。

心配してほしい気持ちはあるのに、声をかけられると逃げてばかり。それは、感情や情緒《じょうちょ》の共有なんて誰ともできないと思うから。

「お疲れ様です」

だるそうな顔と声で、営業の仲島《なかじま》くんが戻ってきた。仲島くんは、今年大学を卒業したばかりの新卒。地味な色のスーツを嫌い、茶色のパンツには白くて太いストライプが入っている。茶髪が許されているのも、社長の孫である特権といったところか。

「お疲れ様です。掛川《かけがわ》工場の古谷《ふるや》さんから入電あったよ」

電話のメモを渡すが、「はあ」とそっけなく受け取るだけ。

「折り返しの電話がほしいって」

「あとでいいですか？　古谷さんからの電話ってたいていクレームですから」

ヒラヒラとメモをふり、自分の椅子にドカッと座る。

「こら。すぐに折り返しなさい」

柳さんが注意するけれど、どこ吹く風。仲島くんは「ていうか」と両腕を組んだ。

「営業先でヘンな話聞いたんですよ。『幸せを届ける黄色いポスト』って知ってます？」

「十年後の誰かに手紙を出すっていう企画だよね」

結婚して三年が過ぎたころに市が主催してやっていたイベントだ。まだ見ぬ自分の子どもに手紙を書いて、結局出さなかったことを覚えている。

「あれってヤバくないですか？　なんでみんな反対しなかったんです？」

「どうして？　すごくいい企画だと思うけど」

「小沢さん、それって本気で言ってます？」

私は仲島くんが苦手だ。学生気分が抜けず、会社の方針に耳を傾けることもない。同じ営業部の人はもっとやりにくいと思っているらしく、たまに陰口を耳にするし、そういうときは心のなかで秘かにうなずいてしまう。

「だって、十年前からの手紙ですよ。そんなのもらいたくないけどなあ」

「どんな手紙でも、もらったらうれしいと思うけど」

流せばいいのに、つい反論してしまった。

仲島くんは「じゃあ」と挑むような目を向けてくる。

「小沢さんは今、幸せなんですか？」

イマ、シアワセナンデスカ。

言葉の意味が一瞬理解できなかった。

「今が幸せだったら、どんな手紙もらってもうれしいとは思いますけど、そうじゃなかった場合、希望あふれる手紙なんか届いてしまったら、余計に絶望するじゃないですか」

ガタンと音がして横を見ると、柳さんが椅子を蹴って立ちあがっていた。

「そんな話どうでもいいでしょ。早く折り返しの電話をしろ、って言ってんの！」

顔を真っ赤にして怒鳴る柳さんの声が、急に遠ざかるような感覚がした。

――幸せじゃないの。

頭のなかで、もうひとりの私が答える。

――だって、大地がいなくなってしまったから。

仲島くんが言うように、今手紙をもらっても不幸をより実感するだけかもしれない。

「もっとやさしく言ってください。そういう言い方はひどいっすよ」

「あらあらごめんなさいね。でも今は仕事中なんだからね」

「わかってますって。ちょっと話しただけなのに……――えっ⁉」

驚くような声に顔をあげると、柳さんの瞳から大粒の涙がぽろりとこぼれていた。

「なんで泣いてるんです？」

「泣いてないわよ。花粉症のせいで涙が出ちゃうのよ。折り返しの電話、早くしなさいよ」

ハンカチを手に給湯室に駆けていく柳さんを見送ってから、彼は眉を八の字に下げた。

「俺、またやらかしましたか？」

今年入社したばかりだから、大地が亡くなったことを仲島くんは知らない。

「大丈夫だよ。ほら、折り返しをしなくちゃ」

キーボードを打ちはじめると、ようやく仲島くんは仕事用の携帯電話を手にしてくれた。

私を守ろうとしてくれた柳さんを追いかける気力もない。

雨がまた激しく屋根を叩いている。私のせいだと責めるように。


この一年、仕事帰りにコンビニに寄ることが増えた。いや、ほぼ毎日そうだ。

自宅から最寄《もよ》りのスーパーまでは遠く、店長さんはふたつ隣の家のご主人だし、自治体の班が同じ人がレジ打ちのパートをしている。同情の言葉をかけられるのがつらくなり、すっかり行かなくなってしまった。

家の近くにあるコンビニはここしかなく、今日も暗闇のなか光を放っている。雨に濡れないように入り口近くに車を停めて店内へ。

店員の若いアルバイトの女性がチラッと私を見てから、再度手元のスマホに目を落とした。金髪で、前髪の片方だけをピンで留《と》めている。白い肌をより白く見せるメイクと真っ赤な口紅は、青色の制服にあまりにも似合っていない。高校生にも見えるし、二十代前半にも見える。

レジの横には、手作りお弁当のコーナーがあり、この時間に行くとお弁当が二割引きで買える。

あったあった。たまに完売していることもあるけれど、野菜炒《いた》め弁当はあまり人気がないらしく、たいてい売れ残っている。

レジに向かい、スマホのバーコード決済を表示させると、彼女はなにも言わず、それを読み取る。箸《はし》も袋もいらないのは、一年の間で覚えてくれたようだ。

エコバッグを取り出していると、ふと雨音が店内に侵入した気がした。自動ドアに目を向けてから野菜炒め弁当をエコバッグに入れる。

「……ですね」

なにか言われた気がして顔をあげると、彼女の胸元に目がいった。名札に丸文字で『嶺《みね》田《た》』と書かれていた。

「ごめんなさい。なにか……？」

「いつも同じ弁当ですね」

あごでお弁当を示す嶺田さんに、きょとんとしてしまう。

「ああ……そうですね。野菜が足りなくて」

「へえ」自分から話しかけてきたくせに、嶺田さんは興味がなさそうに言った。エコバッグにお弁当を入れて店を出た。

エンジンをかけ、暗い車道へ滑り出す。

感情には時差がある。しばらく走っているうちに、ようやく不快感が顔を出した。

仲島くんにしても嶺田さんにしても、今の若い子はなんて失礼なんだろう。もちろん、すべての若者がそうだとは思わないけれど、あんな言い方ないよね。

あのコンビニに行くのはやめたいけれど、このあたりに夜開いている店なんてない。遠くのスーパーに寄って買いだめをしたとしても、料理をする気になれない今は意味のないこと。

自宅の駐車場に着いてエンジンを切ると、ひとりで住むには大きすぎる家がそびえている。

悲しみにも時差がある。大地が亡くなってからしばらくは実感がないまま過ごしていた。四十九日の法要が終わり、手伝ってくれた母親が帰って数日後、やっと思いっきり泣けた。けれど、それ以降涙は出てこない。一周忌法要が終わった今も、それは変わらない。あるのは、胸に居座る痛みだけ。

ポストには住宅販売会のチラシと一緒に、大地宛ての封書が届いていた。雨に濡れながら家に入り、コンビニ弁当をレンジに入れてから封書を開くと、『せんがまち通信』という新聞が入っていた。棚田のオーナー制度を実施している団体からたまに届くもので、農作業のスケジュールや稲刈り体験について記されていた。

昨年もふたりで稲刈りに行こうと話をしていたけれど、結局叶《かな》わなかった。

自動更新をしているけれど、もともとは五人くらいのグループでの申しこみが必要条件だったところを、無理を言って参加させてもらっている。連絡をし、解約手続きをしなくては。

レンジがチンと鳴るのと同時に、スマホが震えた。画面に『母』の文字が表示されている。

「もしもし」

『あ、もう帰ってる?』

「うん」

レンジからお弁当を取り出し、冷蔵庫から今年初めて作った麦茶を取り出す。

『こないだ話したことだけど、考えてくれた?』

「まだ。ちょっと忙しくって」

手にしたグラスはくすんでいる。流しに置き、違うグラスを取り出した。

『一周忌も終わったんだし、もういいでしょう？　東京に戻ってきなさいよ。お父さんもそう言ってるのよ』

「仕事があるから。それに裁判もまだ終わりそうもないし」

早く切りたいのに、『だけど』と母は食い下がる。

『仕事ならこっちにだっていくらでもあるでしょ。裁判だって東京から通えばいいじゃない。そこにいてもつらいだけじゃないの』

お弁当が冷めていく。

放っておいてほしい、見放さないでほしい。相反するふたつの感情が常にせめぎ合っている感じがする。

『それに最近は物騒な事件も多いじゃない。空き巣ならまだいいわよ。押し入り強盗とかに遭《あ》ったらどうするの』

「また考えるから」

そっけなく電話を切ってからやっとテーブルに座る。同居するのに合わせ、義父が買い替えた六人掛けの黒ガラスのテーブルは、あまりにもこの家にそぐわない。

子どもがふたりできていたなら満席になるはずだったテーブルにひとりきり。取り残されるなんて想像もしていなかった。

母の言うように、ここにひとりでいると気持ちは落ちていく一方だろう。それに、この家を継ぐのは大地の親族のほうがいいだろう。

大地はひとりっ子なので、この家を継ぐ人はほかには従兄《いとこ》くらいしかいないそうだ。結婚式で一度会ったきりだったが、先日連絡をしてみたところ、いい返事はもらえなかった。

しんとした空間でぬるい食事を流しこむ。

まるで洗濯機に放りこまれたような気分だ。顔を出そうとしても濁流に呑みこまれ、底に押しつけられる。もまれているうちにすべてどうでもよくなっていく。

和室へ行き、仏壇に手を合わせる。横に置いた台には義父母の写真、隣で大地の写真が笑っている。棚田をバックに笑う大地は、まだ自分が死ぬなんて思ってもいない。

「ただいま」

あと何回、返事のない挨拶《あいさつ》をすれば彼のもとへ行けるのだろう。

無機質な毎日を早送りできるなら、どれほど救われるのだろう。

美穂へ

十年後の君へ手紙を送ります。
そのころの俺たちはどんな毎日を過ごしているのかな。
子どもがいたりするのかな。
俺たちの親はみんな元気なのかな。
秘かな夢だった農業ができているのかな。

どんな未来だとしても、俺は美穂がいればそれでいい。
美穂が笑っているだけで幸せだから。

大地

昨日までの雨を忘れ、空には悲しいくらいの青色が広がっている。
七月最初の土曜日の朝は、最悪の気分だった。

昨夜ポストに入っていた手紙の差出人は大地だった。封を開けるときに、仲島くんが言っていたことを思い出した。これは『幸せを届ける黄色いポスト』の企画だ、と。

十年前に大地が書いた手紙が届いたんだ……。久しく感じることのなかった胸の高鳴りを感じながら封を開いた。けれど、書かれてある未来をひとつも叶えていないことに気づき、激しく落ちこんでしまい、朝になっても引きずったまま。

仏壇の水を替え、唇を尖《とが》らせたまま手を合わせる。

「手紙ありがとう。まさかあの企画に参加してたなんてね。びっくりしちゃった」

遠くで鳥の鳴き声がしている。

「私も書いたんだけど、結局出さなかったんだよね」

大地はにこやかに笑っている。

「そっか、農業の夢は少しだけ叶ったんだ。あとは私が笑っていれば――だね」

手紙を開き、彼の文字をそっとなぞってみる。本当に笑えるようになるまで、あとどれくらいかかるのだろう。そんな日は永遠にこない気がする。

洗面所で日焼け止めを塗り、薄めのメイクをした顔を隠すためにマスクをつける。

エコバッグを手に車に乗るまでは、遠くのスーパーへ行くつもりだった。

――棚田に行ってみよう。

そう思ったのは久しぶりのことだった。

大地の事故現場を通ることはできないので、山道を選んで迂回《うかい》した。

棚田の上段近くにある駐車場に車を停める。土曜日ということもあり、棚田には二組の家族がいた。どちらも上のほうの田んぼで作業をしている。楽しそうな笑い声が耳に痛くて、急ぎ足で坂を下った。

人の幸せに過敏になり、自分の不幸にも敏感になっている気がしている。

棚田の下段に、ひと際《きわ》大きな桜の木が生えているところが目印。象徴的な大木の隣が大地の田んぼだ。四畳くらいのいびつな形をしている田んぼは、雑草が顔を出しまくっていて、ほかに比べて明らかに手入れがされていない。

車のトランクに入れっぱなしだったビニールシートを敷いて座る。

桜の木の下に座り、作業する大地を眺めていた時間は退屈でつまらなかったけれど、今となっては愛《いと》おしくてたまらない。

ああ、もうこの世界に大地はいないんだ。

この一年、何度も自分に言い聞かせてきた言葉を反芻《はんすう》してみる。

頭でわかっていても心が納得していない。ここのオーナーにならなければ、なんて逆恨みもいいところだ。

木の幹にもたれると、心地よい風が吹き抜けていく。まるで大地が笑っているみたい。そんなことを考えたら、もっと悲しくなるのに。

この間は柳さんに申し訳なかったな。今さらながら、あのときの行動を反省する。心配してくれてるのに、お礼の一つも言えなかった。

仲島くんにしてもそうだ。大地が亡くなったことを知らなかったのだろう。悪意がないとわかっているのに、なんのフォローもできなかったし、今もそれは同じ。

私はダメだな。同じ場所でうずくまっているだけじゃなく、周りの人に迷惑ばかり。

「大地。あなたに会いたい」

そう思うくらいはいいでしょう？

これから先は余生ということにしよう。大地に会うまで、毎日をなんとかやり過ごしていれば、あっという間に一生なんて終わりを迎えられるはず。

……でも、大地がこの田んぼを見たら悲しむだろうな。

農作業をしない約束をしたし、実際に一度も田んぼに入ったりしなかった。稲刈りのイベントも大地ひとりで参加してもらった。

再会するまで、大地の願いだった農作業――つまり、この棚田のオーナーを続けるのはどうだろうか。十年前の手紙に書いてあった願いをひとつでも叶え続けられたなら、胸を張って会うことができるかもしれない。

そのためにはまず、稲よりも多い雑草を駆除しなければ。

作業するための道具を持ってきていなかったので、家に帰りネットで調べた。

雑草取りに必要な除草機は倉庫にあったけれど、使いこなせる自信がない。カマを使うのも怖いので、ハサミで雑草を切ってみよう。

大地が持っているような長靴を買わなくては。ゴム手袋も大地のでは大きすぎる。ある程度チェックしてから、ホームセンターへ向かうことにした。

大地のためにできることがある。それがただ、うれしかった。


久しぶりに来たホームセンターは混んでいた。

どこに長靴があるのかわからず放浪しているうちに、洗剤が切れかけていたことを思い出したり特価のごみ袋を購入したりと、買い物かごがどんどん重くなっていった。

『梅雨対策』と書かれたコーナーにある長靴を見つけたが、あまりにも種類が少ない。

ちょうど通りかかった店員に「すみません」と声をかけた。

「長靴ってここにあるだけですか?」

ふり向いた店員の顔を見て、「え?」と思わず口にしていた。

金色の髪に真っ赤な唇。忘れもしない、あのコンビニの店員だ。

彼女――たしか嶺田さんだ――は、「こっちです」と言うと、さっさと歩きだしてしまう。

遅れまいとついていくが、ふり返りもせずに右へ左へ早足で進んでいく。

しばらく進んでから、嶺田さんはやっと足を止めてくれた。指さす棚に長靴がいくつも並んでいる。

「あ、ありがとうございます」

軽くあごを引くと、嶺田さんは歩いていってしまった。コンビニだけじゃなくて、ここでもバイトをしてるんだ……。

いわゆるフリーターというやつ？

それにしても、あいかわらず愛想がないこと。せめてニコリとでもすればいいのに。

まあ、私も同じような感じか……。

長靴を選ぶことにしたけれど、値段がピンキリでどれにしていいのかわからない。大地が使っていたのによく似た茶色の長靴を手にするが、私には大きい気がする。

「履《は》いてみたら？」

急にうしろでそう言われ、思わず悲鳴をあげそうになった。いつの間に戻ってきたのか、嶺田さんが首をかしげている。

「そこの椅子で試着できるから」

コーナーの端に丸椅子がひとつ置かれてあった。

「……ありがとうございます」

茶色の長靴を履いてみると、思ったよりもフィットしている。

「なに用？」

「……なに用？　ああ、田んぼの草取りに使いたいんです」

「じゃあそれがベストかも。蒸れにくいし足も疲れにくいんで」

立ちあがり、歩いてみるとしっくりきた。

「いいですね。これなら棚田でも疲れなさそう」

「フェアも終わる寸前なんで、さらに安くなってるし」

なんだ。愛想の悪い子だと思っていたのに、タメ語とはいえ、ちゃんと接客できるんだ。

「これに決めました」

ニッコリ笑う私に、嶺田さんはなぜか驚いた顔を浮かべた。が、すぐに軽く頭を下げ、
今度こそどこかへ行ってしまった。

ひょっとしたら私がコンビニの常連だということに気づいたのかもしれない。仕事帰り

は私もそっけないだろうし、嫌な思いを向こうにもさせていたのかも。

長靴を買って帰るころには、来週の土曜日が少し楽しみになっていた。


仲島くんの様子がおかしい。

朝からオドオドしていて、なぜか視線を合わせない。給湯室に向かおうとすれば、早足で追いかけてきて、事務長がコーヒーを淹れているのに気づき、急カーブで席へ戻っていったりと、とにかく挙動不審だ。

その理由は定時になる直前、やっとわかった。

給湯室でカップを洗っていると、いつの間にか仲島くんが入り口に立っていた。

「すみませんでした」

頭を下げる仲島くん。珍しく神妙な顔をしている。

「……なんのこと？」

営業の報告書はもらっているし、彼の企画が通ったと朝礼で発表もされていた。謝られるようなミスはなにも――。

「こないだ、失礼なことを言ってしまいました。知らなかったんです。小沢さんのご主人が亡くなっていること」

「ああ、そのこと……。仲島くんは知らなかったんだし、気にしないでいいからね」

たしか、『幸せを届ける黄色いポスト』の話になったときに、『今、幸せなんですか？』と聞かれたっけ。なんだかずいぶん前のことのように思える。

「だけど……」

「ひょっとしたら、柳さんに怒られた？」

仲島くんが苦い顔になるのを見て、やっぱり柳さんが注意したんだと知った。

これからは仲島くんもほかの人と同じように、私との会話を避けるようになるだろう。

私だって家族を失ったスタッフがいたなら、同じように接するしかないから仕方のないこと。

「あのね、仲島くんに言われたこと当たってるんだよ」

カップを流しに置き、ペーパーで手を拭《ぬぐ》う。

「俺、なんか言いました？」

「今が幸せじゃない人に、希望あふれる手紙が届いたら絶望するかも、みたいなこと言ってたでしょう？　あのあと、私にも十年前の夫から手紙が届いたの」

「……マジすか」

かすれた声でつぶやく仲島くんから視線を逸《そ》らす。

「十年後の未来予想図についていろいろ書いてあったけれど、ほとんど叶ってなかった。なにより、当の本人がもういないんだもん。すごく不幸だなって落ちこんじゃった」

どう反応していいのかわからないのだろう、困った顔の仲島くんに笑みを見せる。

「だから、仲島くんが言っていたことが正解だったんだよ。気を遣わせちゃってごめんね」

「いえ……あの、失礼します」

入れ替わりに柳さんが顔を出した。

「大丈夫だった？」

「柳さんが謝らせたんでしょう。言わなくていいのに」

「社長の孫だからって甘やかさないのが私の方針なの。デリカシーってやつを身につけさせないと」

「知らなかったんだから仕方ないよ」

「それもそうか。でも、なんかあったら遠慮なく言ってね」

キヒヒと笑う柳さんにうなずいた。

「大丈夫だよ。実はちょっと楽しみもできたし」

明日は土曜日。やっと長靴の出番だ。そのことを考えると少しだけワクワクしている。

柳さんは理由を知りたがったけれど、夫の遺志《いし》を継いで農作業に挑戦する、なんて報告したらまた泣いてしまうかもしれない。ごまかして帰宅の途についた。


「こないだ会ったよね」

嶺田さんの声に、野菜炒め弁当をエコバッグに入れる手を止めて顔をあげた。

「ホームセンターで」

バーコードスキャナーを手にボソッと嶺田さんが言った。金髪が店の照明に反射して光っている。メイクはあいかわらず濃いし、口紅は前よりももっと濃い赤に変えたみたい。

「あ、覚えててくれたの？」

仕事帰りのコンビニ。あれから何度か訪れているけれど、無反応だったのでホームセンターで会ったのが私だと気づいていないのかと思っていた。

「棚田に田んぼ持ってんの？」

「ひとつだけ借りてるんだけど、夫にまかせっぱなしで……」

「自分ではやんないんだ？」

「それは……まあ、いろいろありまして」

言葉を濁してから、「でも」と笑顔を意識する。

「とりあえず、草むしりから挑戦してみようと思って」

ピッ。バーコード決済が終わり、レシートがレジから吐き出される。

財布にしまっている間に、嶺田さんはタバコの補充をはじめた。

こんなに長く話したのは初めてだったので、少しだけうれしい。

店を出ようとしたときだった。店内に流れる音楽にまぎれて「ねえ」と声をかけられた気がしてふり返った。

嶺田さんと目が合うが、すぐに逸らされてしまった。

「ありがとうございました」

取ってつけたような挨拶をされ、店を出ると、生ぬるい風が梅雨の終わりを予告していた。

美穂へ
また手紙が届くなんて驚いた？

実はヘンな夢を見たんだ。

美穂がひとりぼっちで泣いている夢。

声をかけたいのに、俺はフワフワ浮かんでるだけでちっとも美穂に近づけないんだよ。

そのせいもあって、また美穂に手紙を書きたくなったんだ。

『幸せを届ける黄色いポスト』は、ポストに入れてからちょうど十年後に配達されるんだって。

その日まで俺たちは一緒にいるよね？

信じているけれど、不安になって手紙を書いてしまいました。

この手紙を読んで、大笑いできる日を楽しみにしています。

大地

桜の木にもたれると、寝不足の体が余計に重く感じる。

山の向こうに顔を出した朝日が棚田を照らし、幻想的な風景を浮きあがらせている。

また手紙が届くなんて予想していなかった。

今度は自分の死を予言しているような内容だった。そういうことだけは叶ってしまったんだ、と悲しくなり、眠れないまま夜を過ごした。

長靴はまだきれいなまま。雑草を取ろうと手を伸ばしたとたん、バッタのような虫に出迎えられ、悲鳴と共に退却してしまった。

大地の見た夢が現実になってしまった。そのことを考えたら、もうなにも手につかない。

棚田のオーナーを続ける決心もどこかへ消えてしまった。

「バカみたい」

薄い青空につぶやくと、覆《おお》いかぶさるように繁る青葉がわさわさと揺れた。

いなくなってからずっと考えてる。大地にやさしくしてこれたのかな、って。大地は幸せだったのかな、って。

当たり前だった日々が当たり前じゃなかった。

時間が解決するなんて嘘だ。一周忌法要が終わってもなお、こんなに苦しいのだから。

この重い気持ちを抱《かか》えて生きていくしかないのかな。

揺れる稲穂は緑色の平原。風の形を教えるように音もなく揺れている。

ここにいれば、そのうちほかのオーナーもやってくるだろう。その前に帰ろうか……。

木の幹から背中を離すと、県道から誰かが歩いてくるのが見えた。秋の稲穂のような金髪をうしろでひとつに縛り、茶色のつなぎの服を着ていて、足には同じ色の長靴を履いている。

彼女——嶺田さん——は、私に向かってまっすぐ歩いてきた。

「え、なんで？」

驚く私を一瞥《いちべつ》し、

「なんで？」

同じ言葉で聞き返してくる。

「なんで長靴しか履いてないの。それじゃ作業できないじゃん。軍手もないわけ？　ていうか、休んでるヒマないでしょ」

と、雑草だらけの田んぼを指さした。

「あ、うん……」

「とりあえずこれつけて。ほら、早くやらないと日焼けしちゃうから」

背負っていたリュックから軍手を取り出して渡してきた。

嶺田さんが田んぼに向かうので、慌《あわ》てて追いかける。

「あの……どうして嶺田さんが?」

私、誘ってないよね?

「どうでもいいじゃん。手伝ってあげるんだから」

ぬかるんだ田んぼに足を取られそうになる私をしり目に、嶺田さんは大地の田んぼを見渡してため息をついた。

「ヤバすぎ。本当なら水張りする前に草取りをしないといけないんだけど」

軍手を装着し、雑草を腰につけた袋に入れていく嶺田さん。同じようにしようと腰をかがめるけれど、虫と目が合い、みっともなく悲鳴をあげてしまった。

「虫が怖いのに棚田をやってんの?」

「あの……ここは夫が借りてた田んぼなの。私は見てる専門だったから」

「でもやるしかないわけでしょ」

呆れ顔の嶺田さんは、今日もしっかりとメイクをしている。

あまりにも田んぼに似合わなさすぎるのに、てきぱきと作業を進めている。

「これ、ウンカっていう害虫だから」

「ウンカ?」

「セジロウンカ。『すす病』を発生させるやっかいな虫。薬で撃退できるけど、なるべく自然に取り除きたいもんね。ちょっと来て」

元いた場所に戻ると、嶺田さんは転がっていたバケツに蛇口から水を注いだ。続いてリュックのなかから取り出したのは食用油だった。それを少しバケツに張った水に垂らす。

「これを稲にかけてみて。そうすれば田んぼに落ちて、油で窒息するから」

はい、と渡されたので、おそるおそる稲にかけてみる。

「稲を軽く揺すって虫を落とす」

「はい」

言われるがまま作業をすると、おもしろいくらい虫が落ちていく。

「ここってオーナーの権利をレンタルしてんだよね？　たぶん害虫対策は運営がやってくれてるんだろうけど、今年は大量発生してるみたいだね」

コンビニでのだるそうな雰囲気はなく、むしろ生き生きしているように思える。

私の視線に気づいたのか、嶺田さんは「えっと」と肩をすくめた。

「あたし、菊川大学の二回生なんだよね。まあ、バイトばっかで全然授業は出てないけど」

二回生ということは十九歳くらいか。フリーターだと勝手に思いこんでいたから驚いてしまう。

「農業科にいるから、こういうのはできる。うちの大学の棚田もあるし」

慣れた手つきで、あっという間に腰につけた袋が膨《ふく》らんでいく。

「あの……ありがとう」

「お礼を言うのはこっちのほう。バイトのせいで棚田の実習に出られなかったから、ここの手伝いをその代わりにするつもり。あとでレポートにサインしてよね」

そっけない言葉にも、やさしさを感じた。

一時間近く作業を続けたけれど、雑草はまだ半分も取れていない。普段動いていないせいで腰が悲鳴をあげ、嶺田さんの許可を取り、休憩することになった。

水筒に入れてきた麦茶を勧《すす》めたけれど、『人んちの飲み物とかNGだから』と断られてしまった。

大きな木の幹は、ふたりでもたれても十分な太さがある。

「嶺田さん、大学生だったんだね」

「苦学生ってやつ。いろいろあって家を出たから、自分で稼《かせ》がないといけなくてさ」

「実家はどこなの？」

「それは個人情報。でも遠いよ。てか、あんま見ないで。メイク溶けてるから」

汗でメイクが崩れていても、穏やかな横顔は美しく見えた。

家族連れが上のほうの棚田で写真を撮っている。にぎやかな笑い声が風に乗って耳に届いても、前のようにうるさくは感じない。

穏やかな時間を過ごすのはいつぶりだろう。コンビニの店員とふたりで農作業をするなんて、少し前は想像すらしていなかった。

「つらいよね」膝《ひざ》を抱えた格好で、嶺田さんが上目遣いになった。

「大地さんが亡くなったこと、知ってるから」

突然出た名前に頭が真っ白になる。

「あの人、うちのホームセンターの常連だったんだ。あたしがバイトしはじめたときに、ほかの客に質問されて困ってたら助けてくれた。それから会うたびにいろいろアドバイスくれてさ」

「……知り合いだったの?」

「あー、ヘンな勘ぐりはしないで。おっさんはタイプじゃないから」

そう言ってから嶺田さんは、つけまつ毛のついた目を力なく伏せた。

「よく『うちの美穂が』ってうれしそうに話してた。だから、ニュースを見たときは驚いたよ。まさか亡くなっちゃうなんて」

「うん、そうだね……」

「このへんって田舎《いなか》でしょ？　コンビニのオーナーがミホリンのこと教えてくれたんだよね。いつか、ちゃんと大地さんのこと、話したいって思ってたんだ」

うなずいて数秒後、違和感に気づいた。

「ミホリンって私のこと？」

「ほかに誰がいんの？　あたしの名前、日菜《ひな》って言うんだ。ひなっちでもなんでもいいよ」

いきなりあだ名でなんて呼べるはずがない。

でも、大地のことを知っている人に会えた。それだけで、棚田に来てよかったと思えた。

「なんで棚田をやろうって思ったわけ？　大地さん、『美穂は見てるだけ』って言ってたよ」

「ああ……それなんだけどね」

どうしようか、という迷いを無理やり押しこみ、軍手を外してエコバッグのなかから手紙を取り出した。

「十年前の夫から手紙が届いたの」

日菜さんは私の手から手紙を取り、躊躇《ちゆうちよ》なく封を開いた。

「なにこれ。特に二通目は蛇足《だそく》じゃない？」

「きっと笑い話にしたかったんだろうけど、現実になるなんてね」

生きているからこそ、『幸せを届ける黄色いポスト』は意味を成す。亡くなった人から届いた手紙は、これから先も私を落ちこませるだろう。

「でも、この様子じゃまた手紙が届くんじゃない？　そしたら見せてよ」

そう言うと、日菜さんは「じゃあ」と立ちあがった。

「これからバイトだから行くわ。次は来週の土曜日の同じ時間でよければ来られるから」

私も立ちあがるけれど、さっきまでのうれしい気持ちはもうない。

なにか行動するたびに、大地がいない現実を突きつけられているような気がする。

泣きたい気持ちをこらえ、意識して口角をあげた。

「今日はありがとう。すごく助かった」

なのに、日菜さんは不機嫌そうに顔をゆがめた。前もこういう表情をしていた。

「あのさ、そういうのやめたら？」

「……そういうのって？」

イライラしたように、日菜さんは鼻でため息をついた。

「無理して笑ったって、周りの人をもっと心配させるだけ。愛想笑いって、結局自分を守るためにしてることだし」

そっけない言い方に、思わずムッとしてしまった。

「守ってない」

「必死で守ってる。悲しいなら悲しいでいいと思うけど」

なんでそんなことを言われなくちゃいけないの？　だって落ちこんでる姿を見せるほうが余計に心配させるだけじゃない。

「そっちこそ、態度悪すぎじゃない？　コンビニに来たお客さん、みんな日菜さんのこと怖がってると思うよ」

言いすぎたかな、という心配をよそに、日菜さんはニヤリと笑った。

「いいね、その表情。こっちのほうがミホリンに近づけた気がするし」

「話を逸らさないで」

「あたしはあたしだから」

「じゃあ私も私だし」

ムキになる私を見てケラケラ笑ったあと、「ヤバ。遅刻しちゃう」と言って日菜さんは駆けていく。ガードレールの脇に置いた自転車に飛び乗ると、さっそうと走り去ってしまった。

「なによ……」

頬をふくらませたまま荷物をまとめる。

でも、日菜さんが言ったことは半分くらい当たってる。笑顔の仮面をつけていることを、周りの人はとっくに察しているのだろう。

日菜さんの笑う姿を初めて見た。

無邪気で明るい笑顔は、たしかに私のそれとは全然違った。

美穂へ

こちら十年前の大地です。

そちらの世界はどうですか？　美穂は元気にしていますか？

しつこく手紙を書いてる俺を許してください。

普段、手紙なんて書かないから楽しくなってしまったようです。

これを最後にするから読んでください。

自分が消える夢を見てから、改めて誓ったことがあるんだ。

いつ自分がいなくなってもいいように、精いっぱいの愛を示そう、って。
普段から想いを伝えていたなら、いつかの日がきても大丈夫なはず。

でも、言葉だけじゃ不安にさせるかもしれないので、
ちょっとしたサプライズを用意しました。
十年後の七月十七日の夜、せんがまちの棚田に一緒に行きたい。
実はまだ言ってないけど、いつか棚田のオーナーになりたいんだ。
うまくいくかわからないけど、俺の想いを形にしてみるから。
時間は直接言うので楽しみにしてて。

大地

火曜日の仕事終わり、半ば強引に柳さんと食事に行くことになってしまった。
といっても会社近くに夜開いている店は少ないので、必然的に駅の近くになってしまっ

た。

柳さんが予約を入れた居酒屋は平日ということもあり空いていた。黒を基調とした店内はおしゃれで、週末は若い子でにぎわっていそう。

「で、なんで仲島くんまで来たわけ？　呼んでないけど」

テーブルの向かい側の席でビールを飲む仲島くんに、柳さんはじとっとした目を向けた。

「給湯室で話してるのを聞いた以上、参加するしかありません。ていうか、うちの部署、飲み会少なすぎなんですよ」

「今日はバカ騒ぎするために集まったんじゃないんだからね」

柳さんは一度帰宅して旦那さんに送ってきてもらったらしく、仲島くん以上に早いペースでビールを飲んでいる。私は車のため、ウーロン茶だ。

マグロのカルパッチョを食べながら、ふたりを交互に観察する。なんだかんだ言って、ふたりは仲良しだ。仲島くんが柳さんに、私に届いた手紙のことを話し、問い詰められた私は昨日届いたものを含め三通とも開示させられた。で、急遽飲みに行くことになったというわけ。

「それにしても、大地さんやさしいわよねえ」

涙ぐみながら柳さんが「すみません。ビール！」とオーダーした。

「そうですか？　前も言いましたけど、俺はこういうの苦手っす」

「なんでよ。普通はうれしくなるでしょうに」

「絶望っすよ。だってもう会えないんですから」

平行線のふたりが、私に意見を求めるように同時に目を向けてきたので、勢いに負け、視線を落とす。

広げられた手紙には、懐《なつ》かしい大地の文字が並んでいる。昨日届いた手紙が最後らしく、前と同じように、やさしい大地の人柄を表しているような文章だった。

「どっちも、かな。うれしい気持ちもあるし、悲しい気持ちもある。このまま死んだみたいに生きていこうとも思うし、元気になりたいとも思う」

日菜さんに指摘されてから、愛想笑いを我慢するようにしている。そうすれば、自然と素直な気持ちがこぼれるようになった。今みたいに。

「にしても、これ」と、柳さんが最後の手紙を人差し指でさした。

「十年後の約束ってなんだろう」

「さあ。でも、そんなに前から棚田に興味があったなんて驚いちゃった」

「三年前まで我慢してたってことかな」

「どうだろう。趣味が多い人だったから、落ち着くタイミングを見計らっていたのかも」

サラダを口に運ぶ。生きるために、栄養を取るために。

食べることへの罪悪感が消えていくことに、罪悪感を覚えているこのごろ。

「行くしかないでしょ」

唐揚げを占領していた仲島くんが、あっけらかんと言った。

「そうだよね。私も行こうかな」

柳さんが同意するので、「待って」と右手を出して制した。

「きっとなにかプレゼントをするつもりとかだったんだよ。もう大地は――夫はいないんだし、サプライズなんてないよ」

「そうでしょうか？」「そうかな？」

こういうときだけ意見の合うふたり。

「そもそも夜だと真っ暗だよ。約束の時間もわからないし、行ってなにもないほうがつらい」

期待したらそのぶん悲しくなる。やっと少しずつ元気になれたのに、またふりだしに戻されるのはごめんだ。

「行くしかないでしょ」

同じセリフを口にした仲島くんが、

「とりあえず当日は、夕方に集合して柳さんの車一台で行くことにしましょう」

強引な案を披露《ひろう》した。

「なんで私の車なのよ」

「俺、バイクしか乗れないですし」

「それじゃあ仕方ない」

どんどん決められていく当日の予定に、もう口を挟む気力もない。

たしかに行かないと気になるだろうし、最初から期待しなければいいだけ。流されていけば、この痛みもはがれて消えるのだろうか。

もしくは、現実にもっと傷つき、やがて息絶えるのだろうか。


カウンターに置いたお弁当を見て、日菜さんは「え」と目を丸くした。

「野菜炒めじゃない……」

レジから顔を覗《のぞ》かせ、お弁当コーナーをチェックしてから、日菜さんは濃いメイクの瞳で答えを促《うなが》してくる。

「たまには別のにしようかな、って」

「へえ。いいんじゃない」

バーコード決済をしたあと、日菜さんはバーコードリーダーをあごに当てた。

「明日は雨だから作業は中止だね」

「ああ、そうだね。日曜日は晴れるみたいだけど、その日はバイトだもんね？」

「そうそう。なんか急にひとり辞《や》めちゃったから大変で」

先日の農作業以来、普通に会話することが増えた。

「大変だけどがんばってね。棚田の手伝いもバイト代を出すから」

「いいよ。実習の代わりにやってるだけだから。終わったら手伝わないし」

そっけなく言ってるけど、なんとなく手伝ってくれるんだろうな、という期待もある。

「愛想笑いやめたんだね」

ふいに尋《たず》ねられ、思わず浮かびそうになるソレを止めた。

「まだうまくできないし、仕事中はやっぱり必要。でも、無理して笑わなくていいんだ、って思うだけでずいぶんラクになれたよ」

「あたしは逆にバイト中だけは愛想笑いしてる。ほら、こんな感じ」

ぎこちない笑みを浮かべる日菜さん。口角がピクピクしてるから噴き出しそうになった。

「なによ。お互いに努力してるってことでしょ」

「ごめん。でも、この歳になって成長できるなんて思わなかった。日菜さんのおかげだよ」

せっかく褒《ほ》めたのに、「ふうん」とつまんなそうな顔で言われてしまった。

「結局、日曜日の夜はどうすんの？」

大地からの手紙のことは伝えてある。

「行くしかないよね。ふたりとも乗り気だし、毎日その話ばっかりしてる」

「それを所詮《しょせん》他人《ひと》ごとだからと捉《とら》えるか、親身になってくれてると捉えるかの問題だね」

ふむふむとうなずいたあと、今度はバーコードリーダーをこっちに向けてきた。

「決めた。あたしも行く」

「……え？　だってバイトでしょ？」

「バイトは昼間だけだから。ふたりにもあたしを迎えに来るように言っといてよ」

いいことを思いついたように目を輝かせているけれど、これ以上の付き添いは困る。

必死で断るけれど、「ここで夕食買っていけばいいじゃん」とまで言ってくる日菜さん。

「行ったってなんにもないよ。ただ暗闇を見て帰るだけだし……」

「大地さんのこと、信じないんだ？」

「そういうわけじゃ……」

自動ドアが開く音がして、大学生らしきカップルがはしゃぎながら入店してきた。

「ミホリンの性格だと、行かなかったら家で悶々《もんもん》として過ごすことになるよ」

言われてみると、そういう気がしてくる。

「でも、なにもなかったら？」

「なにもないのが前提。あったらラッキーってこと」

そんな単純に割り切れるのだろうか。なにもなかったら、どんなサプライズだったかを考える日々が待っているような予感しかない。

「とにかく日曜日はここに集合ね。七時には到着してると思うから——いらっしゃいませ」

急にぎこちない笑みを浮かべる日菜さん。ふり向くと、カゴを持ったカップルがうしろにいたので、慌ててよけた。

早く行け、と言いたそうに日菜さんはあごで自動ドアを示すので、とぼとぼと店を出た。

なによ、みんな勝手なんだから……。

空にはすごい速さで雨雲が流れている。

日曜日も雨の予報。サプライズなんて、きっと起こるわけがない。

コンビニで買い物をしている間に、降り続いていた小雨《こさめ》はやんでいた。

雲と雲の間に月が顔を出したり、また隠れたり。

柳さんのワンボックスカーの後部座席に私と日菜さん。仲島くんは助手席に乗った。

プシュ。ペットボトルのコーラを開けて一気飲みしたあと、仲島くんが運転席の柳さんをまじまじと見た。

「みんな私服だとヘンな感じがします」

「それはこっちのセリフ。仲島くんってそういう服が好きなんだ？」

私も同じことを思っていた。黒いランニングシャツに小学生が穿《は》いてそうなハーフパンツ姿は、普段のスーツからは想像ができない。

「日菜ちゃんもかわいいね」

うしろをふり向く仲島くんに、「キモ」とひとことで返す日菜さん。

「うわ、傷つくし。俺ら同年代なんだし仲良くやろうぜ」

懲《こ》りない仲島くんに、思いっきり顔をゆがめている。

「でもさ」と柳さんがバックミラーに目を向けた。

「まさか小沢さんに、こんな歳の離れた友だちがいたなんてねえ」

「友だちじゃないから。ただのお手伝いってとこ。だよね？」

日菜さんのパスを受け、「だね」とうなずく。

「アドバイザーのほうが近いかも」

「それ言えてる。あたしが参加しなかったら、ミホリンたぶんドタキャンしてたと思うし」

仲島くんが「へ？」と、すっとんきょうな声をあげた。

「ミホリンってまさか小沢さんのこと？　あだ名のセンスすげえな。悪い意味で」

「なによ。なかじいは黙ってて」

「なかじい！」とハンドルを手にしたまま柳さんが大声で笑った。

車はどんどん奥地へ向かっていく。もうすぐ夫が事故に遭《あ》った場所に差しかかるところ。

月明かりのせいで景色がかろうじて見える。反射的に顔を伏せかけて思いとどまった。

この三人が集まってくれたのは、私のため。少しずつでも現実を受け入れなくちゃ。

体の力を抜き、顔をあげ、窓の外に目を向けた。

急カーブを曲がり切れなかった車に撥ねられた夫。減速した車のライトがカーブの先を映し出した。

――やっぱりダメ。

サッとうつむくと、膝の上で強く握りしめる手が震えていた。

「サプライズがなくても、棚田でお弁当食べるだけで楽しいですよね」

助手席の明るい声に、隣の日菜さんが運転席と助手席の間に顔を突き出した。

「あるよ。信じてればサプライズはきっとある」

「熱量すげえな」

茶化す仲島くんを、「は？」のひと言で制す日菜さん。

「こういうのって信じる力が大切でしょ。信じないなら降りたら？」

「だー、うるせえな。信じる。信じますよ」

このふたりは案外いいコンビなのかもしれない。

明るい言葉で私を励ましてくれている。ありがたいな、と胸が温かくなった。

それにしても、なんのために大地はあんな手紙を出したのだろう。

心の底を覗いてみるとね、サプライズなんかよりも、大地がここにいてほしいっていう想いしかないよ。十年前に出した手紙に意味があるのならば、あなたのそばに行きたい。

まだそんなことを願ってしまうの。


「よし、それじゃあ行きましょう！」

エンジンもまだ切ってないのに、仲島くんが声高らかに宣言した。

が、なぜか柳さんは車のドアにロックをかけてしまった。

「え、なんでですか？」

「私にもわかんない。日菜さんが車に乗る前にそうするように言ってきたから。だよね？」

日菜さんはそれには答えず、天井にあるルームランプのスイッチを触った。

一気に明るくなる車内に、目がチカチカした。

「柳さんと仲島さんにお願いがあるんだけど……あるんです」

前の席のふたりは顔を見合わせた。

「どんなこと？」

代表して柳さんが答えた。

「せっかく来てもらったのに申し訳ないけど、呼びに来るまでここで待機してほしいんです」

「は!?」声をあげた拍子《ひょうし》に、仲島くんが天井に頭をぶつけた。

「いや、それはないいない。みんなで行くって約束――」

「いいから、続けて」

柳さんが、勢いづく仲島くんを抑えた。

「どうしてもふたりで先に棚田に行きたいんです。ちゃんとあとで理由は説明しますから」

普段がタメ口なぶん、日菜さんの真剣さが伝わってくる。

日菜さんがドアのロックを解除して外に出た。私のほうのドアは開かないし、仲島くんも同じらしく、カチャカチャとロックを外そうと悪あがきしている。

「こっち」

開いているドアから日菜さんが呼んだ。運転席の柳さんが静かにうなずく。

「行っといで。私と仲島くんはここで待機してるから」

「なんでですか。俺も――」

「うるさい。今はふたりに行かせる場面でしょ。それくらいわかりなさいよ」

揉《も》めるふたりを置いて外に出ると、日菜さんは棚田に続く坂道を降りていく。

「待って」

「暗いから気をつけて」

月明かりが棚田をやさしく照らしている。

隣に並ぶと、日菜さんは月の光を浴びるようにあごをあげた。

「ミホリンに話してないことがあるんだ」

「話してないこと？」

顔をこちらに向けると、日菜さんが小さくうなずいた。

「大地さんはあたしが菊川大学にいること、さらに大学所有の棚田を研究していることを知ると、お願いをしてきたの」

「お願い？」

「『幸せを届ける黄色いポスト』に書いてあったサプライズのこと。運営会社に依頼をしてるんだけど、もしも自分が行けなかったとしたら実現されているか確認してほしいって。まるで自分が亡くなることを予感してたんじゃないかって疑っちゃうよね」

　思わず息が吸えなくなった。

「え……大地が日菜さんにお願いしてたの？」

「本当はミホリンに手紙が届くことも知ってた。言えなくてごめん」

「そう……なんだ」

　すくみそうになる足を、意識して動かす。

「大地……夫は、どんなサプライズを？」

「それを言ったらサプライズじゃなくなっちゃう。大地さんが十年前に運営会社にお願いしたこと、ちゃんと引き継がれてたよ。八時になったらわかるから」

　坂道の途中にあるあぜ道に日菜さんが進んだ。先にあの桜の木が黒いシルエットで浮かんでいる。

「大地さんが亡くなったことを知ったとき、とにかく美穂さんに会わなくちゃって思った。事故のニュースを頼りにいろんな人に尋ねまわってたら、オーナーが『店によく来る』って教えてくれたんだよ」

日菜さんはもう『ミホリン』とは呼ばなくなった。

スマホを開くと、時刻はもうすぐ八時になるところ。

「これ持ってって。地面が濡れてると思うから」

ビニールシートを差し出されて戸惑《とまど》う。

「あの木の下で……」

「いつも座ってたんでしょ？」

「そうだけど、え……どういうこと？」

ぬかるんだあぜ道を歩きだすけれど、月が雲に隠れてしまったせいでよく見えない。

慎重に足元を見ながら歩いていると、音もなくあたりに光があふれた。

「え……」

桜の木が青い光を放っている。

その枝葉を浮きあがらせるくらいのまばゆい光は、田んぼに張った水にも映っている。

大地の田んぼの周りにはオレンジ色の灯籠《とうろう》がやさしく揺らいでいる。

「毎年三月にやってる『あぜ道アート』ってやつ。本当はぜんぶの棚田に灯籠を置くんだけど、時期外れってことでこれだけ用意してもらったんだって」

なんて幻想的な光景なのだろう。

青色とオレンジ色の光に、ずっと忘れていた涙がこみあげてくる。

「サプライズ、大成功だね。ほら、行っといで」

背中をポンと押されてふり向くと、日菜さんは暗闇のなか、白い歯を見せて笑っていた。

オレンジ色に染まる滑走路のようなあぜ道を歩く。近くで見ると灯籠ではなく、ペットボトルに入れたオレンジ色のＬＥＤランプだった。それでもその美しさに胸が熱くなる。

あっけなく頬にこぼれた涙は、ダムが決壊したようにあとからあとからあふれてくる。桜の木に着くころには嗚咽《おえつ》が漏《も》れるほどに。

ビニールシートに座って見あげると、桜の木の枝が迷路みたいに広がっていて、葉が幾《いく》重《え》にも折り重なって見える。青色のＬＥＤライトが大きな枝と枝の間に設置されているらしい。

「大地。すごく……キレイだね」

十年前から、こんな計画をしてくれていたなんて知らなかった。

木の幹にもたれると、今も隣に大地がいるみたい。

『これがサプライズだよ』って、照れたように笑っている。

――ああ、やっとわかった。

大地はもう、この世界のどこを探してもいないんだ。心の底からやっと理解した。

会いたい気持ちは変わらないよ。それくらいずっとそばにいたから。それくらい好きだったから。

「でも……これじゃあ心配させるだけだね」

これは、大地がくれた最後のプレゼント。

「ちゃんと生きていくよ。棚田もがんばる。だから、もう安心していいよ」

秋になれば穂が実り、冬には凍《こご》えても春になればまた稲を植えよう。私もたくさんの季節を越えて生きていくからね。

だから、長い季節の先で待っていて。

あふれる涙を拭ってから、私は伝える。

「ありがとう大地。そして、さようなら」

答えるように揺れる稲を、灯籠の光がやさしく照らしていた。

秋になり、稲刈りが終わりました。
初日の稲刈りには百人以上のオーナーが参加し、たくさんの笑顔があふれていました。
今年からうちの棚田に新しいメンバーが加わったことをお伝えします。
会社からは柳さんと仲島くん。
柳さんなんて『お米代のために！』ってすごく張り切ってたんだよ。
そして、日菜さん。
あなたがホームセンターで話してた女の子だよ。
彼女はもうすぐ引っ越しをして、我が家で居候生活をします。
大学をきちんと卒業するために家賃は格安にしました。
バイトを減らして、勉学に専念してもらうつもり。

大地がいなくなってからひとりぼっちになった気がしてたの。
でも、違った。
私の周りにはやさしい人たちがいてくれた。
自分から手を伸ばす勇気を持てなかったから、孤独を感じてたんだね。

柳さんと仲島くん、そして日菜さんが私を救ってくれた。
立ちあがる勇気をくれたって感謝しているの。

もう大丈夫、って言いたいけれど、たまに泣きたくなる日もある。
だからもう少しだけ私を見守っていてね。

いつか、あなたに会う日がくるまで、私なりにこの世界を生きていこうと思う。
くじけそうになった日は、また手紙を書くから。

愛する大地へ
美穂より

あとがき

「幸せの黄色いポスト　それは、十年前から届いた手紙でした」をお読みくださりありがとうございました。

私は手紙が好きで、遠く離れた友や親戚へ近況を伝えたり、ファンレターのお返事で便《びん》箋《せん》に向き合う機会が多くあります。

その人に似合う便箋を選び、ひと文字ずつ心を込めて書いていく。書きたいことが多すぎて文字が乱れたり、誤字をして二重線で消したり。

ポストに入れたあと、表に記した住所まで手紙は旅をします。どんな表情で読んでくれるのだろう、どんな返事をくれるのだろう。そんなことをつい考えてしまいます。

届いた手紙のなかには、私を励ましてくれるものも多く、すぐに紛《まぎ》れてしまうSNSのメッセージと違い、くり返し読むたびに私に力をくれます。

この物語の主人公たちも、大切な人から手紙を受け取ります。差出人は、過去の自分や友だち、そして家族。

十年という時間を越えて届いた手紙が今を生きる彼らにもたらす奇跡。

きっと、未来の彼らを支える力となるのでしょう。

作品を刊行するにあたり、集英社オレンジ文庫様に大変お世話になりました。素敵な作品へ導いてくださりありがとうございます。

カバーイラストを描いてくださったつじこ様、物語の世界観を余すことなく表現くださり感謝します。デザイナーの関《せき》様、いつもありがとうございます。

今回の作品のもとになったのは、静岡県《しずおかけん》菊川市《きくがわし》で実施された『幸せを届ける黄色いポスト』です。物語の設定とは少し違いますが、十年前から手紙が届く試みは作品の創作に大きな力をもらえました。また、本編には実在する施設や公園、お店も少し登場させていただきました。

菊川市長様、市役所の皆さま、快《こころよ》く取材にご協力くださった皆様に心より感謝申し上げます。

皆さんもぜひ大切な誰かのことを想いながら手紙を書いてみてください。
受け取った人の笑顔を想像しながら。
その先の未来へつながることを願いながら。

二〇二五年四月　いぬじゅん

取材協力：静岡県菊川市

※この作品はフィクションです。実在の人物・団体・事件などにはいっさい関係ありません。

集英社オレンジ文庫をお買い上げいただき、ありがとうございます。
ご意見・ご感想をお待ちしております。

● あて先
〒101-8050　東京都千代田区一ツ橋2-5-10
集英社オレンジ文庫編集部 気付
いぬじゅん先生

幸せの黄色いポスト

それは、十年前から届いた手紙でした

集英社
オレンジ文庫

2025年4月22日　第1刷発行

著　者　いぬじゅん
発行者　今井孝昭
発行所　株式会社集英社
〒101-8050東京都千代田区一ツ橋2-5-10
電話【編集部】03-3230-6352
【読者係】03-3230-6080
【販売部】03-3230-6393（書店専用）
印刷所　TOPPANクロレ株式会社

ISBN 978-4-08-680616-9 C0193

思い出とひきかえに、君を
柴野理奈子
集英社オレンジ文庫

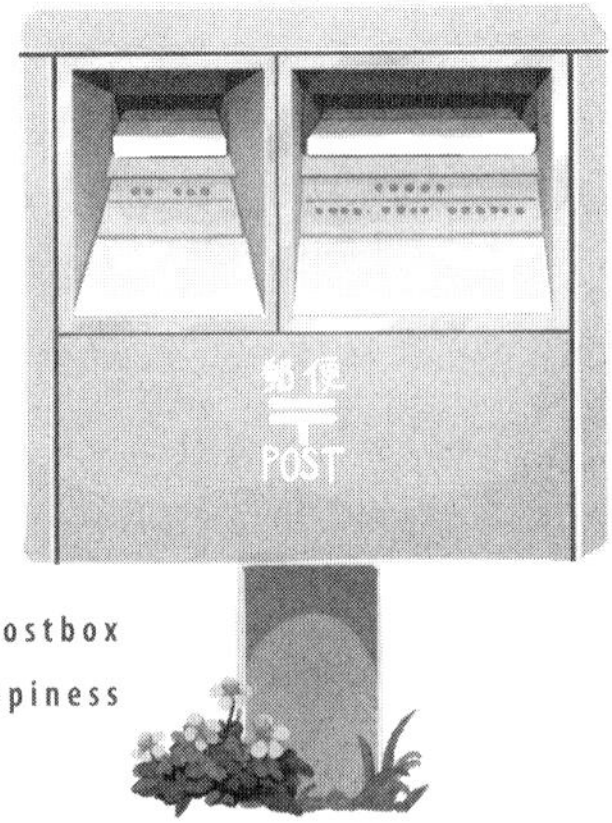

The Yellow Postbox
of Happiness